대해군
시대

대해군 시대

발행일   2022년 4월 8일

지은이   장상훈
펴낸이   손형국
펴낸곳   (주)북랩
편집인   선일영   편집   정두철, 배진용, 김현아, 박준, 장하영
디자인   이현수, 김민하, 허지혜, 안유경, 한수희   제작   박기성, 황동현, 구성우, 권태련
마케팅   김회란, 박진관
출판등록   2004. 12. 1(제2012-000051호)
주소   서울특별시 금천구 가산디지털 1로 168, 우림라이온스밸리 B동 B113~114호, C동 B101호
홈페이지   www.book.co.kr
전화번호   (02)2026-5777   팩스   (02)2026-5747

ISBN   979-11-6836-225-3 03810 (종이책)   979-11-6836-226-0 05810 (전자책)

(주)북랩 성공출판의 파트너

북랩 홈페이지와 패밀리 사이트에서 다양한 출판 솔루션을 만나 보세요!

홈페이지 book.co.kr   ·   **블로그** blog.naver.com/essaybook   ·   **출판문의** book@book.co.kr

작가 연락처 문의 ▸ ask.book.co.kr

작가 연락처는 개인정보이므로 북랩에서 알려드릴 수 없습니다.

대국의 ——— 주인

대해군
시대

장상훈 지음

 북랩

추천사

1. 이 책은 좁은 의미에서의 군사적인 바다가 아닌 대해군 시대의 국가적 차원의 바다에 초점이 맞춰져 있다.

대한민국을 두 개의 플랫폼으로 운영하여 전쟁에서의 승리와 국민의 안전을 보장하는 전략적 시각이 우리의 마음을 흔든다. 하나의 플랫폼은 반도이며 다른 하나는 바다이다. 최근 우크라이나 전쟁의 사례를 살펴보면 국토에서의 전쟁은 군인뿐만 아니라 많은 국민이 전쟁으로부터 희생을 당하는 모습을 우리는 목도하고 있다. 『대해군 시대』는 이러한 면에서 우리에게 바다의 중요성과 전략적 이점을 인식시켜주면서 또 다른 시각에서의 바다를 볼 길을 안내하고 있다.

- 해군사관학교에서, 소위 장상훈의 함장 이홍정

2. 본 책자가 담고 있는 내용은 해양국가 국민이 가져야 할 해양의 중요성을 재조명해 볼 수 있는 역사와 경험을 바탕으로 작성되었습니다. 장상훈 해군 소령의 군 실무경험과 방위력개선사업 획득업무를 하면서 느꼈던 해군력 운용에 관한 기고로써 『대해군 시대』라는 서명에 적합한 내용을 담고 있습니다. 아무쪼록 이 책이 추구하는

의도를 국민이 쉽게 이해할 수 있도록 널리 알려지기를 바랍니다.

- 대한민국 해군대학 획득관리교관 중령 윤민호

3. 저자의 가슴속에 바다를 개척하려는 열망과 해군에 대한 사랑을 꼭 누른 채 오롯이 차가운 머리로 우리나라 국방의 현실과 미래의 나아갈 바를 써나간 글이다.

- 방위사업청에서 추억을 그리며, 장상훈 소령의 선배 신정일

4. 이 책은 단편적인 지식을 전달하는 책이 아니라 해군사관학교를 졸업하고 작전/정책부서를 두루 경험한 젊은 해군 장교의 관점에서 급변하는 국제정세 속에서 한국 해군의 필요성을 흥미 있고 설득력 있게 들려주는 좋은 책이다.

- 방위사업청 기반전력사업국제계약팀에서, 중령 정욱진

5. 한반도의 지정학적 특성과 해군력의 중요성에 대해 비교적 쉽게 이해할 수 있도록 잘 정리된 책이다. 해군 출신뿐만 아니라 일반 국민에게도 해군에 대한 이해를 높일 수 있는 교양서로 충분히 가치가 있을 것으로 보입니다.

- 방위사업청에서, 장상훈 소령의 선배 설동명

6. 최근 러시아-우크라이나 사태를 보면서 다시 한 번 전쟁의 공포를 간접적으로 체감한다. 결국에는 자국의 이익을 위해 어떤 방향으로든, 소규모든 대규모든 분쟁은 발생할 수밖에 없다. 국가 간에 영원한 우방은 없다고들 한다. 동맹에 의한 다자 안보도 자국의 역량이 받쳐줘야 동등한 입장에서 얻어 낼 수 있으므로 자국의 안보는 스스로 능력을 갖추어야 가능하다. 수출입 없이는 살 수 없는 우리나라의 상황을 볼 때 대한민국의 지속 가능한 생존을 보장하는 데 필요한 역량으로 대해군 시대는 더는 미룰 수 없는 반드시 열어야 할 역사적 사명이다. 이 책은 해군 장교로서 품은, 국가를 위한 이러한 마음을 가감 없이 담았다.

- 방위사업청에서, 장상훈 소령의 선배 정현갑

7. 우리나라는 북으로는 북한이 위치하고, 그 외의 삼면은 바다로 둘러싸여 있다. 실질적으로 '섬나라'라고 불러도 과언은 아닐 듯하다. 이러한 지정학적 특성에 따라 우리나라 교역의 대부분은 바다를 통해 이루어지고 있어, 우리 국민의 실질적인 경제활동의 주무대는 바다이다. 따라서 이러한 바다를 지키기 위한 노력은 필수 불가결한 요소이다.

하지만 미래의 국방력 비율에서 해군이 차지하는 비율이, 우리나라 경제활동의 주 무대인 바다를 충분히 지켜낼 수 있는지 고민해 볼 필요가 있다. 이 책은 해군력 증강에 대한 필요성을 한반도 작전

환경의 특성, 경제활동의 주 무대 보호, 국민의 생활 터전의 보호라는 측면에서 기술하였으므로, 미래 해군력 증강의 필요성을 이해하기 위해 꼭 읽어 보아야 할 책이다.

- 해군본부에서, 또다시 방위사업청에서, 이태호

8. "왜 해군이 필요할까?", "해군은 무엇을 할까?"

해군에 몸을 담기 전 잠시 머리 한편에 머물렀던 화두였다. 저자인 장상훈 소령은 다양한 함정에서 다채로운 임무를 수행했던 현역 해군 장교이자, 출근길에 우연히 마주칠법한 우리 이웃의 평범한 아저씨로서 다소 어려울 수도 있는 이 화두를 쉽고 편안한 일상의 언어로 풀어냈다. 해군에 낯선 이들에게는 소설, 수필처럼 편하게 읽히는, 전문가들에게는 실제 함정에서 근무하는 장병들의 입장에서 바라볼 수 있는 좋은 시간이 되리라 확신한다.

- 장상훈 소령과 함께 머물던 태평양의 심해를 그리워하는 선배, 강상우

9. 실질적인 섬나라 대한민국에 대한 해답.

- 방위사업청에서, 장상훈 소령의 선배 김준한

10. 지형상 삼면을 바다에 두르고, 북한을 통한 내륙으로의 진입이 제한된 대한민국에 바다는 국가발전의 생명줄과 같다. 저자의 기록은 바다를 통한 웅대한 기상을 우리에게 상기시키고, 해양강국

의 필요성에 대해 다시 한 번 느끼게 해준다. 그의 혜안과 논리 정연한 글은 해군의 중요성을 간과하고 있는 독자들에게는 신선한 감동을 줄 것이며, 해양강국의 꿈을 가진 저자의 소망이 곧 실현되길 기대해본다.

- 국방부에서, 장상훈 생도의 소대장 문창환

11. 구한말 우리는 국제정치와 발전 흐름에 고립되어 스스로 위기를 자초하였다. 현재 대한민국은 세계 6대 군사 강국이라는 외형적 성장과 더불어 중국이라는 자유세계에 대한 심각한 안보위협 세력을 마주하고 있다. 이러한 상황에서 세계 안보 전략에 보조를 맞춰 한반도의 지정학적 가치를 극대화할 역할은 해군의 운명이다. 이 책은 그 필요성에 대해 논하고 있으며, 저자의 생각을 읽으며 해군력 증강에 대해 동의하게 될 것이다.

- 방위사업청에서, 영원한 장상훈 소령의 기관선배 이대근

12. 해군의 힘은 더욱 밝은 대한민국의 미래와 선진 강국의 밑바탕이 될 것입니다. 육, 해, 공군 조화의 변화를 통해 강력하고 효과적인 미래전을 준비할 때는 바로 지금입니다. 이를 공감하는 데 많은 도움이 될 본 도서를 적극적으로 추천합니다.

- 방사청에서, 또 군수사에서, 장상훈 소령의 선배 양정규

13. '해군' 하면 떠오르는 이미지는 대다수 사람에게 바다에 떠다니는 회색빛의 함정일 것이다. 평시에는 우리나라 영해 안을 항해하고, 전시에는 우리를 공격하는 적에게 함포를 쏘고, 미사일을 발사하기도 하는 그런 배. 친근하고 쉬운 설명으로 쓰인 『대해군 시대』를 읽고 나니 습관적 사고방식의 틀에 갇힌 생각들을 참신한 발상과 관점으로 다시 들여다보게 된다. 이 책을 읽고 나면 아마도 많은 이들이 바다에 있지만, 그 역할과 필요성이 바다 한 곳에만 국한되지 않는 해군의 잠재력과 가능성을 재평가할 수 있으리라 생각된다.

- 마라도함 사업을 추억하는, 윤성완

14. 4차 산업혁명 시대, 해양국가로써 현대와 미래전에서의 강력한 해양전력의 구축은 필수 불가결한 조건이 되었다. 육상 중심의 전력 강화도 물론 중요하지만, 이제는 좀 더 큰 시각에서 미래를 확실히 대비할 수 있도록 하는 생각의 전환, 즉 혁신적 패러다임 전환이 필요한 상황이다.

당장은 어렵겠지만, 이 책이 우리나라 미래 국방력 강화라는 긴 항해의 밝은 등대가 될 수 있기를 간절히 기원한다.

- 마라도함부터 장상훈 소령과의 징글징글한 운명의 함정건조 사업파트너, 조흥원 소령

목차

해군 편

소통 편

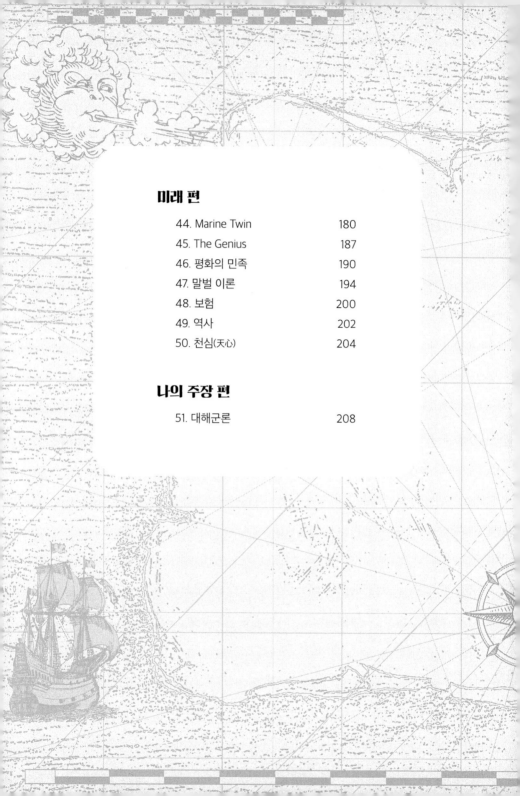

미래 편

나의 주장 편

나의 주장 편

1. 한반도의 확장

마키아벨리(Niccolò Machiavelli, 1469~1527년)가 그랬듯, 군주의 환심을 갖기 위해 노력하는 자들은 저마다 자신이 가장 귀하다고 생각하는 선물을 가지고 군주를 알현합니다. 저 역시 이 책에 가장 가치 있는 경험과 생각을 담고자 노력했습니다.

그렇게 부유하거나 유명하지도 않은 작은 섬에서 태어난 저에게는 특별한 기억들이 있습니다. 저는 해군사관학교를 졸업하면서 순항훈련이라는 제도를 통해 전 세계를 항해하였습니다. 이 기록에 대해서는 저의 저서 중 하나인 『해군장교의 유쾌한 세계일주기』에 상세하게 기술하였기에, 여기서는 다루지 않고자 합니다.

학교를 졸업한 후에도 8년간 오롯이 전투병과 장교로 함정에 근무하면서 북한 군함의 침투로를 막는 작전은 물론, 거대한 군함을 타고 해외에서 활동하는 국민을 경호하기 위해 소말리아 인근 지역으로 파견 가기도 하였고, 잠수함을 타고 태평양에 인접한 미국이나 영국과 같은 국가들과 모여 수개월씩 훈련을 하기도 하였습니다. 이후 영관장교가 되고, 정책업무를 수행하면서 제가 수행하고 있던 업무들이 일반적이지 않으며, 이러한 경험을 토대로 만들어진 시각이 꽤 가치 있다는 것을 깨닫게 되었습니다.

그래서 국가의 운영, 특히 국방정책에 관심을 가지시는 분들 중에서, 해군이 어디에 쓰려는지 모를 군함을 왜 자꾸 찍어내려 하는지 도무지 이해가 안 되는 분들이나, 해군은 바다에서만 싸우니까 최대의 위협은 국경 너머의 북한인 우리나라에서는 한정적인 역할밖에 할 수 없다고 생각하시는 분들께는 저의 경험을 바탕으로 한 이 책이 특별한 선물이 될 수 있을 것으로 기대합니다.

그렇다고 해서 독자분들에 비해 제가 높은 학식이나 선견지명이 있다고는 생각하지 않습니다. 통상의 그림을 그리기 위해서는 한 장소에서 사물을 보는 것으로 충분하지만, 피카소와 같은 작가는 다양한 각도에서 바라보고 이를 이해하여 그림에 담았기에 역사에 남는 명작을 남길 수 있었을 것입니다. 그런 천재의 예시가 아니더라도, 제대로 된 사물의 구조를 이해하기 위해서는 다양한 시선에 대한 포용이 중요하다는 것에는 동의하실 것입니다.

따라서 국가의 미래를 위해 그림을 그리실 때는 현재 보시는 시야 외에, 저저럼 아래에서 위를 보거나, 밖에서 안을 보는 시선은 도움이 될 것이라 확신합니다.

세세의 관점에서 내한민국을 보고 한반도 밖에서 영토를 지키면서 든 생각은, 영토에 군사력을 집중시키는 것보다 국가의 밖, 그러니까 바다에 분산하여 배치시키는 것도 퍽 좋은 방법이라는 것입니다.

제가 말하는 바다는 해군이라는 특정 군이라기보다는, 해상의 무기체계를 뜻합니다. 이는 군함에 실린 미사일, 전투기, 지상군 등을 모두 포함합니다. 우리나라 국방력의 비율은 국방개혁 2020을 완수한 후에도 육군 74.2%, 해군·해병대 12.8%, 공군 13%의 비율이 됩니다. 이 중 해병대가 4.6%인 점을 고려하면, 인원을 기준으로 할 때, 대한민국 국방력의 91.8%가 한반도 안에 모여 있는 상태라는 것입니다.

제가 이렇게 한반도에 고도로 집중된 대한민국의 전투력을 바다에도 나누어서 두어야 한다고 생각하게 된 원인은 크게 세 가지로 말씀드릴 수 있습니다.

첫째 전쟁이 발생한 상황을 가정하면, 우리나라는 상대국, 즉 최대 위협국이나 잠재적 적과의 거리가 가깝습니다. 군사적으로는 이를 종심이 짧다고 표현합니다. 그 때문에 한반도에서 출격한 전투함과 발사한 미사일은 이들에게 닿기에 충분합니다. 이를 이유로 한반도에는 전략무기를 탑재한 군함의 가치가 높지 않다는 오해도 있습니다.

그러나, 우리에게 종심이 짧다는 것은 상대가 우리를 볼 때도 똑

같다는 뜻입니다. 게다가 우리나라는 국제와 국내의 정치적 상황을 모두 고려해 봐도, 아무래도 선제공격보다는 타국의 공격에 대한 반격으로 전쟁이 시작될 가능성이 높습니다. 이 경우 우리의 주요 전력이 모두 영토 안에 집중되어 기습적인 공격에 파괴된다면, 허무하게 항복하거나, 핵심전력인 전투기나 미사일의 사용이 제한된 상태로 한국전쟁과 같이 장기적이고 소모적인 전쟁을 수행할 가능성이 높습니다. 이때부터 전쟁은 군인의 영역이 아닌, 국민의 삶에 침투되어 승리를 거두어도 큰 상처를 남기게 됩니다.

게다가 육상의 전력은 위치가 고정적이어서, 전쟁의 시작과 동시에 기습공격의 표적이 될 수밖에 없습니다. 이는 공중임무명령서(Pre-ATO)의 개념을 참고하시면 좋습니다. 공중임무명령서란, 전쟁 개시와 함께 속력과 공격력이 우수한 우리의 공군전력이 제일 먼저 파괴해야 하는 적의 타격 지점을 뜻합니다. 적과의 종심이 짧은 우리나라의 경우 적의 강력한 무기를 사전에 제거하는 것이 좋은 방법일 것입니다. 그러나 앞서도 말씀드렸듯이, 종심이 짧은 상황은 우리나 상대나 동일하고, 선제 타격 지점은 핵심 무기들을 갖춘 군사 시설이 될 것입니다.

물론 우리 군은 즉각적인 방어와 반격을 위해 만반의 태세를 갖추고 있습니다. 그러나 현실 세계에서, 이를 완벽한 방어라고 확언하기에는 조금 더 고민할 필요가 있을 것입니다.

비유하자면, 상대보다 월등한 방탄장비와 무기를 갖추고 있다고 해서 완벽하게 방어하고 반격을 보장할 수 있는 것은 아니라는 것입니다. 우리는 현재 상대가 총을 겨누면 대응하겠다는 상태입니다. 서부의 총잡이처럼 신속하게 총을 뽑아 쏜다고 하더라도 무조건 상대보다 먼저 쏠 수 있다는 확언은 할 수 없으며, 상대의 공격에 손에 쥔 무기를 떨어뜨릴 수도 파괴될 수도 있습니다.

이러한 저의 주장에 대해, 한반도 주변은 바다가 좁아 육상에 무기를 배치하는 것과 바다의 군함에 배치하는 것은 큰 차이가 없다고 말씀하시기도 하는데, 제 경험으로는 다릅니다. 예를 들어 "지금 대한민국 이순신함의 위치는?"이라는 질문을 하면, 압도적인 첨단 정찰체계와 무기들로 무장된 미군이라도 이를 확인하는 데 상당한 시간이 소비됩니다.

더욱이 군함은 느려서 신속한 대응에 큰 의미가 없다고 말씀하시는 경우도 있습니다. 그러나 바다에서의 작전개념을 조금 더 설명 들으시면 방어와 반격의 핵심은 속도가 아니라 기동 능력에 있다는 것을 아실 수 있을 것입니다. 군함은 어떤 상황이 벌어진 순간 항구에서 출항해서 그 위치로 가는 개념으로 보시면 안 됩니다. 위협이 예측되는 어느 지점에 배치되어 있다가, 필요할 경우 그 근처에 있는 전력이 동에 번쩍 서에 번쩍하는 개념으로 작전을 펼치는 것입니다.

또, 종종 한반도 주변의 바다를 손바닥 보듯 볼 수 있다고 오해하시는 분들이 있는데 바다는 생각보다 넓고, 많은 다른 표적들이 섞여 있어 구분을 위한 식별 시간이 필요합니다. 위성과 레이더는 전략 게임에서 나오는 미니맵과 전혀 다릅니다. 심지어는 상당한 경력과 높은 계급을 가진 군 지휘부 인원도 컴퓨터에 띄워진 전력배치의 화면만을 보고 우리 바다를 모두 파악하고 있다고 착각하지만, 사실상 현실 상황에서의 무수한 것들이 생략되어 '인식하기 좋게' 잘 가공하여 표시한 보고서에 불과합니다. 바다는 만만한 장소도 아니며, 좁지도 않습니다.

둘째, 우리 땅은 척박합니다.

시쳇말로, 우리나라는 땅 파서 먹고살지 않습니다. 지금 여러분이 당장 먹고 있는 음식이나 입고 있는 화학제품, 앉아있는 의자와 책상 등을 살펴보면 적어도 반 이상은 수입품이거나 재료의 9할 이상은 해외 자재일 것입니다.

반면에 대한민국은 부유합니다. 이는 땅을 벗어나서 자원을 수입하고, 가치를 창출해서 수출하는 과정을 반복해서 이룬 것입니다. 이 과정의 99.7%는 바다를 통해 이루어집니다. 따라서 전 세계 바다의 자유로운 이용은 우리 경제의 근본입니다.

그런데, 생각보다 국제사회는 야생에 가까워 바다를 자유롭게 이용하는 것은 의외로 공짜가 아닙니다. 우리나라는 안보에 있어 유

달리 미국에 의존하는 경향이 강한데, 2019년 당시 미국 대통령이었던 도널드 트럼프(Donald Trump)는 "다른 국가들의 해상교통로를 왜 미국이 보호해야 하는가. 이는 각 나라의 책임이다."라고 언급한 바가 있습니다. 여기서 말한 해상교통로라는 것은, 쉽게 말해 수입·수출 통로로 주변 국가들의 사정과 함께 나중에 상세하게 다루겠습니다.

결국, 미국 대통령의 말은, 현재는 미국이 막대한 경제력과 군사력을 투자해서 우리를 포함한 세계의 바다를 지켜주고 있으나 필요에 따라 상황이 바뀔 수도 있다는 것입니다. 혹자는 트럼프 대통령 개인의 의견이라고도 말하지만, 닉슨 독트린[1] 등을 고려하면 이는 미국의 근원이 되는 자유의 개념과도 연관되는 이야기로 언제든지 다시 제기될 수 있는 주장입니다.

결국, 우리가 바다를 자유롭게 사용할 권리를 우리가 지킬 수 있어야 한다는 결론이 됩니다.

우리는 은연중에 "한반도를 지키는 것"을 "대한민국을 지키는 것"으로 착각하곤 합니다. 하지만 국가의 주인이 국민이고, 군이 지켜야 할 대상이 국민의 생명과 재산이라면, 우리나라의 경우 바다의 자유로운 이용은 보호의 대상에 꼭 포함되어야 할 것입니다.

국민의 재산이 실시간으로 바다로 들어오고 나가고 있기 때문입

---

1   닉슨 독트린(Nixon Doctrine): 1969년 미국 대통령 r.m.닉슨이 밝힌 아시아에 대한 외교정책

니다.

대항해시대의 영국 탐험가 월터 롤리(Walter Raleigh), 미 해군의 제독이었던 알프레드 마한(Alfred Thayer Mahan)은 이를 이렇게 말했습니다.

"바다를 지배하는 국가가 세계를 지배한다."

셋째, 전쟁은 절대로 우리 영토에서 하면 안 된다고 생각하기 때문입니다. 전쟁이 한반도에서 나는 것 자체를 억제하고, 혹시나 발발하더라도 적의 시야를 끌어 전장을 영토 밖으로 유인해야 할 것입니다.

간혹, 주변국과의 전쟁 상황을 상상하면서 "저 나라가 우리나라 해군을 꺾고 육지로 올 수는 있겠지만, 육군에게 몰살당하고 말 것이다."라는 이야기를 하시는 분들이 계십니다. 하지만 이것은 싸움터, 즉 전장을 국민의 생활 터전으로 골랐다는 점에서 이미 실패한 전쟁입니다.

예를 들어서, 스타크래프트라는 게임을 생각해 봅시다. '적이 상륙하면 우리 군에 의해 죽는다.'라는 착각은 우리 군대가 모여있는 장소에 적들이 쳐들어온 경우를 생각하고 있는 것입니다. 그러나 현실, 비유하자면 전쟁과 관계없는 일꾼들이 한창 미네랄과 가스를 채취하고 있는 한복판에 적들이 드롭 한 경우에 더 가깝습니다. 게다가 게임과 달리, 우리 군이 쏜 총에도 적이 쏜 총에도, 피해를 보는 것은 우리 생명과 재산입니다. 50년대의 우리나라, 아직도 전쟁터인 중동, 미국과 싸워 승리했으나 그 상처 회복에 너무나 많은 시간을 들이는 중인 베트남을 보면 이를 실감할 수 있습니다.

과거에는 나라의 주인이 왕이므로 전쟁 시 수도를 옮기고 귀족들과 피난 가면서 전쟁을 지속하기도 했습니다. 심지어 국민의 재산과 생활 터전에 불을 질러 적의 보급을 끊는 방법으로 외세를 몰아내기도 하였습니다. 그리고 이를 승리했다고 역사에 기록하였습니다. 이렇게 전쟁을 수행하는 방식을 청야전술이라고 합니다. 하지만 이 승리 뒤에는 궁핍한 백성의 삶과 잔인한 학살, 그리고 희생이 함께 했습니다. 미군과 연합군을 영토 내로 깊숙하게 끌어들여 게릴라전으로 승리한 베트남 역시 마찬가지입니다.

국민은 국가의 주인입니다. 예를 들어 징병에 따라 군인으로서 군대에 복무하는 중 신체에 손상을 입었을 때 국가를 위한 희생이었다고 쉽게 묵과하는 경우는 드물고, 그래서도 안 됩니다. 군사훈련 중 집이나 차 등 재산에 손실이 발생했을 때 역시 그럴 것입니다.

그런데 영토 내로 들어온 적과의 교전으로 집과 차가 파괴된다면, 가족의 팔다리가 날아간다면, 그러고도 국가를 위한 일이니 넘어갈 수 있는 국민은 없을 것입니다. 또 그러한 국가에서 삶을 영위하고 살 자신이 있겠습니까.

즉, 전쟁 시 승리 조건은 단순히 적을 몰아내는 것이 아니라, 국민들이 정상적인 삶을 얼마나 유지할 수 있는지 역시 포함해야 한다고 생각합니다.

그러기 위해서는 앞서 언급한 바와 같이 영토인 한반도를 전장으로 선택하는 경우를 최소화해야 할 것입니다. 선제공격을 생각하는 적의 입장에서 생각한다면, 역설적이게도 우리의 군사력을 영토 밖에 배치해야만 국민의 터전인 한반도를 목표로 기습 공격할 위협이 줄어듭니다. 이는 전쟁 편에서 상세하게 설명 드리겠습니다. 이때, 한반도에서 영토 밖으로 유인해서 싸울 수 있는 공간은 바다밖에 없습니다.

전 세계에서 군신으로 추앙받는 이순신 제독께서는 이를 이렇게 설명했습니다.

"바다에서 오는 적은, 바다에서 막아야 한다."

전쟁의 형태는 무한할 정도로 다양합니다.

어떤 이는 전쟁을 죽거나 죽이는 흑백의 양상으로만 나누곤 하는데, 사실 대부분의 전쟁은 그렇지 않습니다. 특히 세계대전 이후 나름의 질서를 갖춘 국제사회의 감시하에서 전쟁은 국가의 생사를 걸고 싸우는 총력전보다는 더욱 복잡하고 다양한 모습을 가지게 되었습니다. 육군이 공군이나 해군과 같이 다른 군과 함께 싸우기도 하고, 우리나라가 미국과 같은 외국군과 함께하기도 하는 등 군종 자체가 복잡합니다.

그리고 그보다 근대 이후에는 상대방 영토를 직접 폭격하기보다는, 영토이긴 하지만 치명적이지 않은 섬을 점령하기도 하고, 주변 바다나 하늘을 침범하는 등의 행위로 자극하기도 합니다. 어떤 때는 누가했는지 알 수 없는 공격을 하거나, 전쟁할 정도는 아닌데 분명히 피해를 주는 애매한 공격을 하기도 합니다.

이때, 우리가 사용할 수 있는 수단이 미사일을 쏘거나 말거나의 양자택일인 방법뿐이거나, 해당 장소까지 이동할 수 있는 수단이 없다면, 정부가 대응해야 하는 것이 명백한 상황이더라도 손쓸 수단이 없어 대외적으로 섭섭함을 표현하는 정도의 역할에 그칠 것입니다.

그런 관점에서, 바다에서 기동력을 활용할 수 있는 전력인 군함을 이용하면 전략무기들을 싣고 필요한 현장 어디로든 이동할 수 있습니다. 여기에 더해서 일정 규모 이상의 군함에는 전자전, 정보전을 할 수 있는 능력을 갖추고 있고, 본격적인 공격을 위한 미사일과 전투기나 헬리콥터 같은 항공기, 필요시에는 해병대와 같은 상륙군까지 탑재할 수 있습니다. 여러 상황에 적합하게 사용할 다양한 수단을 갖추고 있다는 것입니다.

혹자는 그런 군함도 육지에서 쏜 미사일 한 방이면 끝난다고 이야기합니다. 반대로 말하면 그런 육지의 미사일 기지도, 군함에서 쏜 미사일로 무력화시킬 수 있습니다. 모든 것은 상대적입니다.

　중요한 것은 이런 다양한 전쟁에 유연하게 대응할 수 있는 수단을 키워야 한다는 것입니다. 아무리 대단한 전력도 한반도에만 꽁꽁 묶여서 실속 있으면서도 효과적으로 사용할 수 없다면 그 의미는 퇴색될 것입니다. 전쟁의 천재였던 프랑스의 황제 나폴레옹(Napoléon, 1769~1821년)은 이를 이렇게 말했습니다.

　"기회 없는 능력은 쓸모가 없다."

세계 편

2. 진짜 영토

2021년, UN 무역개발회의에서는 대한민국의 지위를 그동안 유지되던 개발도상국이 아닌 선진국으로 변경하도록 의결하였습니다.

개발도상국이라는 명목을 유지했던 이유는 다양하지만, 그간 대한민국의 경제력과 영향력을 볼 때, 진작 선진국으로 분류되었어야 했다는 의견이 지배적인 것 같습니다.

그러면 우리나라는 과연 얼마나 잘살고 있는 건지 궁금해집니다. 각종 경제지표와 분석보고서 등 나라의 경제 수준을 실감할 방법은 많지만, 여러 나라를 기웃거린 결과 알게 된 제 노하우는, 그 나라를 대표하는 도시를 비롯한 몇몇 지역에 설치된 시설이나 국민들의 소지품을 보는 것이 직관적으로 느낄 수 있는 방법이라는 것입니다. 또한 의외로 잘 맞아떨어집니다.

통상, 상대적으로 경제력이 높지 않은 국가는 비포장도로와 천연자원을 이용한 시설물이 많고, 국민들의 복장은 명품을 한두 개 지니고 있기보다는 기능복인 경우가 많았습니다.

반면 우리나라는 보통 도로에 아스팔트가 깔려있고, 그 위를 꽤 많은 세계적 브랜드의 수입차와 우리나라에서 직접 생산한 차가 지나다닙니다. 건물도 높고 사람들의 주머니에는 우리나라 대기업이나 외국 회사의 휴대폰이 들어있을 겁니다.

그런데 이들을 잘 살펴보면, 제품 자체를 통째로 수입한 것이 절반입니다. 게다가 우리나라 기업에서 만든 제품이라 하더라도 이를 구성하는 섬유나 플라스틱과 아스팔트의 재료가 되는 원유나, 반도체의 재료가 되는 실리콘은 모두 수입한 원자재를 가공해서 만든 것입니다.

잠깐 소유하고 있거나 시야 안에 들어오는 몇 가지만 보았지만 사실 대한민국에서의 생활 자체가 자원의 수입 없이는 불가능합니다. 출퇴근할 때 이용하는 지하철, 도로를 비추는 가로등, 생활용수를 사용할 수 있도록 펌프를 작동시키는 전기 등 모두 말라카해협 넘어 중동 등에서 수입한 원유를 사용해서 생산되고 있습니다.

우리가 자주 쓰는 젓가락, 책상과 같은 나무나 먹는 식자재도 대부분 중국이나 베트남 등에서 수입한 것입니다.

반대로 말하면 이 수입이 끊기면 대한민국의 기능이 멈추고, 한국인으로서의 정상적인 생활이 불가능하다는 뜻입니다.

가끔 익숙함에 대한민국을 곧 한반도라고 생각하기도 합니다. 하지만 한반도를 개발해서 생활하는 수준으로는 선진국인 지금의 한국에 이르지 못합니다. 이는 실제로 대한민국의 경제체제를 이루는 전체 시스템이 영토가 가진 역량보다 더욱 크지만 눈에 보이지 않기에 잊고 있는 것입니다.

잠시 언급했지만 사실 땅에만 한정해서 생각하면, 이 땅은 농사에도 그렇게 훌륭한 토지는 아닙니다. 삼국시대에 비옥한 한강 유역을 차지하기 위해 싸웠던 우리 선조들께서 중국, 인도, 베트남, 태국, 브라질, 미국 등 각 나라에서 비행기로 씨를 뿌리는 모습을 보면 허탈할 겁니다.

심지어 오늘날 우리나라의 곡물 수입의존도는 약 80%입니다. 불과 20% 정도만 한국 땅에서 재배해서 먹고 있다는 것입니다.

그런데, 경제협력개발기구에서는 대한민국을 세계 9~10위의 경제 대국으로 보고 있습니다. 또 현대의 군사력은 경제력과도 상당히 비례하는데, 미국의 GFP(Global Fire Power)는 한국의 군사력을 세계 6위로 평가하고 있습니다.

따라서 진짜 한국을 바로보기 위해서는, 대한민국을 한반도를 넘어 오늘의 강국으로 만든 것이 무엇인지 확인해볼 필요가 있습니다.

구분	2019년	2020년	2021년
1	미국	미국	미국
2	러시아	러시아	러시아
3	중국	중국	중국
4	인도	인도	인도
5	프랑스	일본	일본
6	일본	한국	한국
7	한국	프랑스	프랑스
8	영국	영국	영국
9	터키	이집트	브라질

〈미 Glober Fire Power 2019~2021〉

앞서 계속 암시 드린 바와 같이, 또한 상식적으로 예측하실 수 있는 바와 같이, 우수한 우리경제의 비결은 자원의 가치 재생산 및 수출입니다.

실리콘을 수입해 반도체를 만들고, 원유를 가공해 플라스틱을 만들어 세계에서 판매량 1~2위를 다투는 휴대폰과 컴퓨터를 생산합니다. 또 철강을 수입하여 세계 제일의 선박을 건조하고, 자동차를 만듭니다.

이렇게 대한민국이 주로 사용하는 자원들은 원유, 석탄, 화학제품, 철강 등입니다. 문제는, 앞서 지속적으로 언급한 바와 같이 한반도에는 이 자원들이 거의 없다는 것과 이들을 가공한 제품의 구매

처는 해외에 있다는 것입니다.

이렇게 해외로 주고받는 물자의 99.7%가 바다를 이용하고 있습니다. 특히 원유의 경우 우리나라는 세계 6위의 원유 소비국이면서도 100%를 수입하고 있고, 100% 해상수송으로 들여오고 있습니다.[2]

또한 가공을 통해 가치를 부여한 반도체, 휴대폰, 컴퓨터, 선박, 자동차의 제품을 수출하기 위한 활동 역시 바다를 통해야만 가능합니다.

따라서 우리가 사는 대한민국은 한반도와 전혀 다른, 훨씬 뛰어넘은 개념입니다.

그러므로 현재의 경제력을 유지할 수 있는 수입과 수출의 해양활동영역까지 대한민국에 포함하는 것이 당연합니다. 단순하게 현재 서 있는 곳이 한반도 내부인 것이지, 우리가 가진 모든 것들은 숨을 쉬듯이 영토 밖에서 들여오고 육지 밖으로 나가고 있습니다.

한반도가 아니라, 이 생활을 가능하게 경제의 숨을 불어넣는 호흡까지 포함해야 진짜 대한민국이고, 진짜 보호해야 할 영토입니다.

---

2 대한민국 산업통상자원부 facebook, "바다의 날"

3. 가정전투

　국가의 전략은 특정한 상황이나 시기가 아닌, 넓은 시야를 요구합니다. 이른바 작전통이라는 군사 운용의 전문가들과 국가를 운용하는 차원에서 군사력을 기획하는 전략가가 가져야 하는 시야의 차이에 대해서 말씀드리고자 합니다.

　삼국지를 그렇게 관심 있게 정독하지 않으셨더라도 "읍참마속(泣斬馬謖)"이라는 사자성어는 들어보셨을 것입니다. 문장 그대로 해석하면 '울면서 마속의 목을 벤다'라는 의미가 있습니다. 이 사자성어가 발생한 역사적 배경은 이렇습니다.

　촉나라의 제갈량은 북벌이라 하여 위나라를 함락시키기 위한 영토전쟁을 수행했습니다. 제갈량의 군에는 문무가 뛰어난 마속이라는 장수가 있었습니다. 평소 마속을 아끼던 제갈량은 마속에게 지휘권을 맡기고 가정이라는 지역에서 위나라와 싸우게 했습니다.

　마속은 자신만만한 작전가였습니다. 손자가 이르기를, 싸울 장소를 고를 때는 적보다 높은 위치가 유리하다 하였습니다. 이처럼 위에서 아래를 공격하는 것은 시야의 확보와 원거리 무기의 사거리 증대, 전투 시 적이 아군에게 접근하는 것을 저지하는 등 다양한 효과가 있습니다.

마속은 이러한 병법을 상세하게 알고 있었습니다. 그래서 높은 산꼭대기에 진을 치고, 위나라가 공격해오기를 기다리고 있었습니다. 작전적으로 볼 때 빈틈없어 보였습니다.

그런데, 상대 장수였던 위나라의 장합은 정면 승부를 하지 않았고, 군이 싸우지 않으며 산을 포위한 채 내버려두었습니다. 결국 산 위에 있는 마속은 싸울 무기는 당연하고, 군사력을 유지할 수 있는 식수와 식량을 확보하지 못해 궤멸하고 맙니다.

그 책임을 물어 제갈량은 아끼던 마속을 참수시켰고, 그 일화가 읍참마속이라는 사자성어의 유래가 됩니다.

손자병법에서는 성을 공격하는 것은 무척 어려우니 가능한 피하고, 적어도 3개월 이상의 준비가 필요하다고 합니다. 이런 관점에서 외부의 침략에 대비할 때 한반도를 성이라 가정하고 모든 공격을 육지에서 막으려고 생각하는 작전가들이 많습니다. 그래서 군함을 만들기보다는, 한반도라는 성 주변에 적 군함의 침입을 상대할 수 있는 포를 배치하고 내부에 미사일과 전투기를 배치하는 것이 더 효과적이라고 이야기하기도 합니다.

이러한 점에서 착안한 것이 '불침 항모론'입니다. 격침당할 수 있는 군함이 아닌, 육지에다가 군함에 배치할 포와 전투기 전력을 하나라도 더 배치하겠다는 것입니다.

여기서 스타크래프트라는 게임 이야기를 다시 해보겠습니다. 이게임에 비유하자면, 불침 항모론은 자신의 진지 주변을 포톤캐논으로 둘러싸고 내부에 일부 캐리어나 스카우트를 두겠다는 것입니다. 그러나 실제로 이러한 전략을 사용하는 게이머와 일반적인 기동부대를 사용하는 게이머가 만난다면 압도적으로 높은 확률로 기동부대를 사용하는 게이머가 승리를 거둡니다. 공격력에 대한 란체스터의 법칙에 대해서는 후에 말씀드릴 예정으로, 여기서는 선택과 집중이라는 자원의 운용에 한정해서 설명 드리겠습니다.

게임과 실전은 다르지만, 단순한 수를 놓고 읽는 것은 바둑 등과 같이 예부터 많이 사용되어 왔습니다. 실제 게임을 해보면 진영을 둘러싼 포톤캐논 중 상대적으로 방어가 취약한 외곽에 배치된 것을 공격해보면 어렵지 않게 공략 가능합니다. 기동부대 전력은 화력을 집중해서 공격할 수 있는 반면, 기동력이 없는 포톤캐논은 선택과 집중이라는 기본 진형의 원리를 구사할 수가 없습니다. 결국, 포토캐논 밭 안에 있는 캐리어나 스카우트가 상대하러 나와야 하는데, 이때 기동부대가 포톤캐논의 사정거리 밖으로 이동하면 캐리어나 스카우트 등과 1:1의 싸움이 됩니다. 그러면 캐논은 결국 존재 의미가 별로 없어집니다. 그리고 일꾼이 파괴된 포톤캐논을 다시 만들려고 할 때 일꾼도 공격당하기 일쑤이며, 이를 복구하기 위해 어딘가에서 자원을 채취해야 하는데 그러한 움직임도 기동부대가 부족한 상황에서는 역시 호위받지 못하여 승기를 잡을 기회를 봉쇄당하게 됩니다. 다시, 실전으로 돌아오겠습니다.

앞서 이야기한 바와 같이 우리나라는 한반도가 아닙니다. 전 세계로 이어져 있는 대한민국의 경제적 활동과 한반도와의 연결이 끊어지면, 농사를 주업으로 살아가던 시대만도 못한 수준의 나라로 전락해 버릴 것입니다.

불침 항모라는 것이 전혀 가치가 없는 아이디어는 아닙니다. 그러나 이는 전력을 돕고 군수지원을 보강하는 기지의 일종으로 보아야지, 기동력을 갖춘 부대를 대체할 수 있는 전력이라고 볼 수는 없습니다. 앞서 보신 바와 같이 한계가 뚜렷하기 때문입니다. 놀랍게도 전문가인 '작전통'들이 특정 분야에 너무 전문적이기 때문에 이러한 주장을 하기도 합니다. 하지만 역사적으로도 이미 가치를 상실한 전략입니다.

4. 국제법

　외국에 환상을 품었던 적이 있었습니다. 불과 우리 부모님 세대 때만 해도 우리나라 국민의 대부분은 서구 선진국이나 일본을 상상할 때 합리성과 여유, 복지가 보장된 모습을 그렸습니다. 그러나 국가 간 왕래가 잦아지고, 인터넷이 발달하면서 가공되지 않은 내부사정을 볼 수 있게 됨에 따라 딱히 그렇지도 않다는 것을 알게 되었습니다.

　특히 코로나19 상황을 대응하는 각 나라 정부의 능력과 국민들의 반응을 보면서, 오히려 한국이야말로 뛰어난 치안과 일정 수준 이상의 도덕성 및 교육 수준, 의료혜택 등으로 세계에서 손꼽을 만큼 괜찮은 국가라는 것을 깨닫게 되는 계기가 되기도 하였습니다.

　무엇보다 한국은 치안이 우수한 것으로 유명한데, 이는 잘 만들어진 법이 안정적으로 작동되고 있고, 개인과 공동의 삶의 질서를 유지하는 역할을 정상적으로 수행하고 있다는 것을 의미합니다.

　우리 국민을 위한 국내법과 같이, 국가끼리도 서로 간의 권리와

의무에 대해서 합의한 규칙이 있습니다. 이를 '국제법'이라고 합니다. 국제법은 협약과 규약 등 여러 가지 형태가 존재하지만, 그중 군사와 전쟁에 관련한 내용은 역시 'UN 헌장'이 대표적이라고 할 수 있습니다.

그 이유는 UN(United Nations) 자체가 2차 세계대전을 거치면서 각 국가가 각자의 안보를 유지하기 위해 만든 집단이기 때문입니다. 외교부에서는 UN을 '전쟁을 방지하고 평화를 유지하며, 정치, 경제, 사회, 문화 등 모든 분야에서 국제협력을 증진시키는 역할을 하는 국제기구'라고 정의하고 있습니다.

조금 다른 각도에서 들여다보면, UN에서 정한 약속을 어길 시 가입된 국가들이 집단으로 모든 분야에서 제재를 가할 수 있다는 이야기로도 볼 수 있습니다. 무역과 외교가 중요한 우리나라 입장에서는 상당히 귀를 기울여야 하는 부분이라고 생각됩니다. 결국, 우리나라는 국제법을 준수하고 질서에 적극적으로 참여해야 합니다.

한편, 법령이나 판례를 보신 적이 있다면 처음에는 직관적이지 않은 표현에, 다음으로는 해석에 요구되는 다양한 논리에 어려움을 겪었을 수도 있습니다. 이는 국내법뿐 아니라 국제법도 그렇습니다. 준수하기 위해서는 약간의 공부가 요구됩니다.

예를 들어 UN헌장 제2조에는 국가 간의 '무력행사(Use of force)'를 일반적으로 금지하고 있습니다. UN의 기원에서 보듯, 군사적으로 공격하지도 대응하지도 않는 것이 원칙입니다.

한편, 제51조에는 '무력공격(armed attack)'을 당한 경우에 한해서 자기방어를 위한 군사 행위를 인정하고 있습니다.

결국, 국제사회에서 어떤 나라로부터 공격을 당하면, 이 공격이 '무력공격'에 해당한다고 인정되어야 비로소 우리도 군을 움직여서 반격할 수 있다는 것입니다. 그래서 군대에서는 전투를 위한 지휘 관뿐 아니라, 법무참모가 항상 함께합니다.

문제는 노련한 법률 전문가라고 할지라도 당면한 행위가 무력행사에 그치는 것인지, 무력공격이라고 해석할 수 있는지 확신하기 쉽지 않다는 것입니다.

통상적인 상식은 이렇습니다. "우리나라가 어떠한 형태로든 공격당했는데, 당연히 반격해야 하는 것 아니야?" 또는 "우리를 건드렸는데, 박살 내야지 군인이 뭘 고민하고 있느냐?"

군인은 그럴 수 있습니다. 하지만, 국제법상으로 우리 국가가 처한 사항에서 상대의 행위가 무력공격으로 명확히 해석될 수 있고, 이 때문에 우리가 무력을 이용해서 반격하는 것이 인정받을 수 있느냐는 판단이 모호하다는 것입니다. 이를 '자위권'이라고 합니다. 즉, 상대의 공격이 명백하여 이에 대해 우리도 주먹을 들어도 된다는 조건입니다. 이 조건의 만족여부는 생각보다 복잡합니다.

유사한 사례로 국내법의 정당방위 조건을 생각할 수 있겠습니다.

상대가 어떠한 공격을 행하고 있느냐, 나는 어떠한 상태인가, 주변 환경은 어떤가 등이 복합적으로 작용합니다.

실제로 국제사법재판소(ICJ) 판례에 따르면, 국가 간 군사적 마찰이 있다는 사실만으로는 자위권의 조건으로 인정하기에 충분하지 않으며, 때에 따라 상이하다는 것을 알 수 있습니다.

예를 들어 우리나라에서는 커피와 칵뉴부대로 유명한 에티오피아의 사례를 말씀드리겠습니다. 칵뉴부대에 있어서는 뒤의 소통 편에서 추가설명 드리겠습니다.

에티오피아는 우리나라 해군 청해부대가 파견을 수행하고 있는 중동의 입구 근처, 소말리아와 매우 근접해 있는 국가로서, 에리트레아라는 국가와 국경이 맞닿아 있습니다.

19세기 말 이탈리아가 침략하면서 에리트레아는 식민지가 됩니다. 이어서 무솔리니가 이끄는 이탈리아는 에티오피아까지 점령했습니다. 2차 세계대전을 거치면서 영국의 도움으로 에티오피아와 에리트리아는 식민지에서 해방되는데, 이후 에리트리아는 에티오피아로부터 독립하기 위해 전쟁을 일으킵니다. 분명한 무력행사가 이루어졌습니다.

이때 많은 인명손실이 있었음에도 불구하고 국제사법재판소에서는 단순한 국경충돌이므로 무력공격에 해당하지 않아, 쌍방 간에 자위권을 인정할 수 없다는 해석을 내놓았습니다.

반면 1980년 이란-이라크 전쟁 중, 미국 군함이 선박 호위 작전을 마치고 귀환 중 기뢰에 의해 파손되었습니다. 기뢰란, 바다에서 사용하는 지뢰라고 생각하시면 됩니다. 다행스럽게도 인명피해는 없었습니다. 이때 미국은 해당 기뢰가 이란의 것이라고 단정 짓고, 자위권을 행사하는 것이라고 주장하며 이란의 원유 시설 2개소와 다수의 이란 해군 군함을 파괴하였습니다.

앞서 에티오피아-에리트리아 사태가 국경 지역에서 명확한 상호 공격에 의한 인명피해가 발생한 것과 대비되게, 기뢰라는 모호한 시설에 공격당한 미국은 항공모함까지 동원하여 공격하였습니다. 당연히 이란은 국제사법재판소에 해당 사건에 대해 소를 제기하였으나, 결론적으로 재판소는 이를 기각합니다.

'유전무죄 무전유죄'라는 말이 있습니다. 사실 어떠한 국가에서도 어떠한 연유로 재판을 받을 때, 법에 대해 박식하거나 법 전문가를 고용할 수 있는 능력이 있다면 아무래도 유리한 것이 사실일 것입니다.

하지만 적어도 한 국가 내에서는 원칙적으로 모든 국민들에게 공평하게 법을 해석해주는 사법부의 권위가 있기에 법치에 의한 치안을 기대할 수 있습니다.

반면에, 국제법은 국제사법재판소라고 하더라도 힘이 있는 국가를 통제할 권한이나 영향력이 국내법이 국가 내에 적용되는 것에 비해 명백하게 부족합니다. 냉혹하지만 국제법의 효력은 행위 국가의 힘과 영향력에 따라 상이하게 적용된다고밖에 해석할 수 없습니다.

이미 아시겠지만, 위와 같이 국제사회는 모든 국가가 평등하지 않은, 힘의 논리가 더 적용된다는 점을 말씀드리겠습니다.

5. 세계의 평화

앞서 미국의 권위에 대해 잠시 이야기했습니다. 잘 아시다시피 미국은 2차 세계대전 및 소련과의 냉전 시대[3]를 거친 후, 현재는 경쟁 상대가 없이 세계질서를 좌지우지하고 있습니다.

우리나라는 미국이 우리의 굳건한 동맹국으로서, 무조건적이고 우선적으로 한국의 평화를 유지해 줄 것이라고 의존하기도 합니다.

특히, 한국전쟁(1950~1953년)의 기억을 많이 가지고 있는 세대일수록 UN 자체를 미국과 동일시하고, 세계에서 발생하는 어떠한 민주주의나 도덕적 위기에 대해서 미국이 책임져 줄 것으로 생각하는 경향이 높습니다.

그런데 사실 그렇지는 않습니다. 한 국가의 대외정책, 즉 국제정치는 국내정치에 의해 좌우됩니다. 미국을 예로 들자면, 다음 선거를 준비해야 하는 대통령 후보자의 입장에서는 미국 국민들이 바

---

3   냉전(Cold War, 冷戰): 미국과 소련이, 기술이나 군비경쟁 등으로 국력을 겨루던, 직접적인 공격 없이 이루어지던 차가운 전쟁 시기(통상 1945~1991년을 의미)

라는 이익을 대변하는 것이 단순한 국제질서의 유지라는 명목보다 중요합니다. 결국 선거는 매력의 싸움이고 많은 표를 받는 것이 가장 급한 과제입니다.

우리나라로 예를 들어 생각하면, "세금을 내리고 임금을 높이겠다."라는 당장의 이득을 보장하는 대통령 후보와, "우리 형제국의 평화를 위해 여러분의 세금으로 국군을 파견하겠습니다."라는 후보를 비교하는 격입니다. 즉, 다행히 미국이 우리나라를 무조건 돕는 것이 대내적으로 유리하다면 좋겠지만 그렇지 않은 경우도 얼마든지 발생해왔고, 앞으로도 발생할 수 있습니다.

때로는 우리나라가 지니는 지리적 위치나 이데올로기적 국경의 장벽 등을 고려해서 미국은 한국을 절대 포기 못 한다고 단언하시는 분들도 있습니다. 하지만, 무기체계의 발달이 지리적인 장애물을 넘고 있고, 과거와 달리 대부분의 사회주의 국가들이 시장경제를 채택하는 등 사상의 대립양상도 예전만큼 첨예하지 않아 한국이 가지는 지리적, 이데올로기적 장벽의 역할은 과거만큼 굳건하다고 보기는 어렵습니다.

무엇보다 단지 위치와 사상적 입장만을 본다면, 미국에게는 한국의 대체국이 존재합니다. 바로 대만과 일본입니다.

특히 일본은 우리나라와 인접해있고, 섬으로 이루어져 있어 미국이 주 전력인 미 해군의 징검다리로 이용하기도 용이합니다. 게다가 자위대는 무기체계의 수준이 우수하며, 국가 자체의 경제력 및 과학기술 수준도 세계적으로 인정받고 있습니다. 강력한 해군력을 바탕으로 세계질서를 유지하는 미국의 입장으로서는 이만한 전초 기지이자 연합전력도 또 없을 것입니다. 그러면 우리나라는 일본과 연합하는 것이 전체적인 그림이 좋을 것입니다.

그러나 안타깝게도 한국과 일본은 미국의 동맹국이라는 공통점은 있지만, 상호 간에는 역사적으로나 국민 정서적으로나 친해지기 어렵습니다. 영토 갈등이나 과거사 문제부터 시작하여 일본의 서점에는 혐한(한국을 혐오하는)도서 판매대가 별도로 존재하고, 2021년에는 정부 차원에서 한국에 고통을 주겠다는 전담조직을 형성할 정도입니다.

우리나라도 가만히 있지는 않습니다. 지속적으로 일본을 경계하는 사람도 다수이고, 아직도 불매운동이 진행되고 있습니다.

이러한 상황에서 한국과 일본의 분쟁이 발생한다면, 미국은 당연히 딱히 이 관계를 정리하려 하지 않거나, 우리가 아니라 미국 스스로의 이익을 위해 유리한 행동을 할 것입니다.

예를 들어 2018년 한-일 무역 갈등과 구축함-항공기 갈등상황을 보았을 때, 미국은 불편한 갈등을 빨리 해결하는 데 초점을 두었지 한국의 편이라고 할 수 있는 조치는 전혀 없었습니다. 독도 문제에서도 동일합니다. 이렇게 갈등이 커지는 상황에서 세계의 움직임을 볼 때 미국도, UN도 우리 편이 아니었다는 것을 확인할 수 있었습니다.

진짜 우리 편은 우리뿐입니다.

6. 6國, 6人, 6海

국제관계학이나 군사전략학에 대해 견문이 있으시다면, 동북아를 세계의 화약고라고 표현하는 경우를 접해보셨을 것입니다. 말 그대로 약간의 불꽃만 붙어도 엄청난 규모의 폭발이 발생하는 화약 같이, 살짝 어긋나면 세계적인 전쟁이 일어날 수 있는 위험한 장소라는 것입니다.

그 이유는 앞서 언급한 바와 같이 우리의 군사력은 세계적으로 상당한 수준이지만, 우리나라를 포함한 주변의 군사력도 대부분 세계 순위권이거나, 호전성이 대단하다거나, 국가 간에 역사적으로 용서하기 힘든 갈등이 있는 등 그 사정이 복잡하기 때문입니다.

이에 따라 여기서는 우리나라 주변의 국가부터 미국까지, 각 나라와 그 지도자, 그리고 그들과 맞닿을 수밖에 없는 각자의 바다에 대해서 말씀드리겠습니다.

첫 번째 국가는, 북한입니다.

사실 군사력과 경제력은 우리나라가 압도적이라는 평가가 보통이지만, 핵과 화학무기, 수많은 재래식 미사일과 많은 수의 육군을 보유하고 있습니다.

잠시 언급되었던 GFP 등 세계적인 시선으로 북한의 군사력을 측정할 때 그들은 그다지 높은 순위는 아닙니다. 그러나 일부에서는, 그 순위는 대량살상 무기를 배제한 결과이므로 생각보다 더 위협적인 존재라는 것을 강조합니다.

특히 우리나라는 국제법을 존중하여 선제공격을 스스로 제한하는 입장입니다. 반면에 북한은 한국전쟁 자체에 대해서도 진정한 전범임을 인정하지 않는 입장으로, 사실 언제 어떻게 도발해도 이상하지 않은 상태입니다.

"전쟁할 경우 서울은 불바다가 될 것이다."라는 악담을 공식적으로 발언하여 우리나라 국방백서에 '주적'으로 분류될 만큼 호전적인 국가입니다. 그런데 그러한 북한의 자신감은 사실 근거가 전혀 없지는 않습니다.

바로 우리나라 자본과 행정력 대부분이 몰려있는 서울과 완전무장된 북한의 부대까지의 거리가 몹시 짧아, 우리나라는 북한의 기습공격에 상당히 취약한 상황입니다. 1장, '나의 주장'에서 말씀드린 바와 같이, 우리만 아니라 북한의 입장에서도, 표적인 우리는 짧은 종심을 가지고 있는 것입니다.

사실 진정으로 종심이 짧은 한계에 대한 전략을 꾀한다면 국민과 재산이 집중되어있고, 행정적, 정치적 중심인 수도부터 후방으로 이동하려는 것 등을 고민해야 맞습니다. 그러나 이는 정치와 경제의 영역을 크게 고려해야 하므로 여기서는 별도로 서술하지 않겠습니다. 게다가 더욱이 그들은 국제사회의 비난을 무릅쓰고 핵이나 생물학 병기라는 비대칭, 대량살상 무기를 사용해서 공격할 수도 있습니다. 물론 우리 군은 북한이 괴멸할 정도의 보복을 수행하겠지만, 일단 공격을 받으면 우리 측 타격이 가볍다고만 볼 수는 없으리라는 것입니다.

아울러, 이들의 지도자는 삼대를 세습하여 독재정치를 하고 있습니다. 그만큼 북한 국민은 지도자에 대한 무조건적인 충성심이 강조되어왔기에, 지도자의 의지가 곧 국가의 의지인 수준입니다. 이 말은, 합리적인 국가의 모습보다는 지도자 개인의 선택에 따라 극단적인 방법을 수행할 수도 있다는 이야기입니다.

통상 북한의 비대칭 무기에 대한 우려에 "북의 궁극적 목적은 체재의 유지이고, 이기더라도 통일 후 한반도 재건을 위해 핵은 사용하지 않을 것이다."라고 반론하며 걱정을 불식시키는 자들이 있습니다. 그러나 앞서 언급하였듯 이는 전혀 확언할 수 없는 내용입니다.

또한, 만에 하나 사용한다면 어떻게 대처할 것이냐는 질문에 "'그럴 기미가 있을 때' 여러 단계에 걸쳐서 미사일을 요격하고 반격하려는 계획을 하고 있다."라고 답변합니다.

그러나 북한은 기만술을 복합적으로 사용합니다. 잠수함이나 이동식 기지에 은닉해서 탑재한 미사일을 절대 놓치지 않고 감시하고, 공격에 즉각적으로 대응해서 방어할 수 있다고 단언하는 것은 "이 차는 안전장치가 많아 절대로 사고 나지 않습니다."라고 이야기하는 격입니다.

안전장치에 안전장치를 더하는 방식은 효율적이지 않습니다. 가능한 안전장치를 하되, 사고 시 피해를 최소화하고, 최대한 일상생활에 지장이 없도록 판을 새롭게 짜고, 보험을 드는 쪽을 추천합니다.

즉, 한반도의 입장에서는 최대한 영토가 표적이 되는 경우의 수를 줄이고, 만약 피해를 본다고 하더라도 즉각 반격할 수 있는 방법을 연구해야 한다는 것입니다. 이는, 후의 전쟁 편에서 추가설명 드리겠습니다.

두 번째 국가는 중국입니다.

저는 개인적으로 중국의 찬란하고 유구한 역사와 문화를 좋아합니다. 이 책의 초반부에 삼국지 이야기가 나온 것이나, 저의 저서 『해군장교의 유쾌한 세계일주기』에서 중국 관련 내용이 가장 많은 분량을 가지고 있는 점 등이 이를 자연스럽게 보여줍니다.

하지만 지금의 중국은 제가 좋아하던 중국과는 다른, 신생국가라고 보아야 할 것입니다. 백여년 전 중국은 화려한 중고대사를 스스로 지우고, 국가정책이나 구조를 완전히 개편한 중화인민공화국으로 다시 출발하였기 때문입니다.

보다 구체적으로 말씀드리자면, 전통 중국의 모습을 그나마 유지했던 청나라 후난성에서 태어난 마오쩌둥(毛澤東, Mao Zedong, 1893~1976년)이 오늘날 중국을 만든 사람이라고 볼 수 있습니다. 그 이유는 마오쩌둥은 문화 대혁명이라는 정책을 통해 역사 속의 중국과 현재의 중국을 크게 나누었기 때문입니다. 마오쩌둥을 추종하던 홍위병이라는 세력들은, 공산당의 상징인 계급철폐를 지나치게 주장하여 약간의 기득권적인 성격이 있다고 판단되는 중국의 옛 문화를 다 파괴하였습니다. 중국의 대학자 공자의 묘까지도 훼손되었다는 이야기는 유명합니다.

이렇게 재탄생한 중국을 지배하는 공산당과 그 당을 다스리는 지도자는 국내법에 따라 종신집권이 가능한 상태인 데다가 지지율도 압도적입니다.

앞서 말씀드린 북한과 비교하기에는 경제력과 군사력 등 그 덩치의 차이가 너무 크지만, 지도자의 의지가 국가의 정책 대부분에 반영된다는 점이 동일하여, 대외정치의 성향과 국제관계와 관련된 의사결정의 과정이 북한과 상당한 유사점을 가진다고 말씀드리겠습니다.

그러나 안타깝게도 세계 2~3위로 평가되는 국력에도 불구하고 대외 평가는 그렇게 긍정적이지 않습니다. 새로운 중국임에도 불구하고, 긴 역사 중에 일시적으로 지배했거나 성향이 유사했던 국가들에 대해 하나의 중국, 중화라는 사상을 바탕으로 주변국들의 존재 자체를 존중하지 않고 흡수하려 하거나 양보 없이 지나치게 이익을 추구하는 외교 등 국제적인 질서를 의도적으로 무시하는 모습 등이 많기 때문입니다.

대표적인 예로 남중국해와 댜오위다오 및 부속된 섬들은 자신들의 영토라고 못을 박았습니다. 이에 따라 남중국해를 끼고 있는 인도, 티베트, 필리핀, 대만 등과 함께 일본과도 동시다발적으로 갈등을 빚고 있습니다.

특히, 우리 입장에서 주목해야 할 정책은 섬을 연결한 선을 그어 이를 내해화(자신의 바다)한다는 도련전략 부분입니다.

사실 도련선에 대해서 A2AD(Anti Access, Area Denial), 즉 육상에서 해상을 물리치려는 것이 핵심이라고 해석하던 전문가들이 많았습니다. 그 이유는 미국의 강력한 해군력에 대비해서 육상의 미사일 전력을 활용하는 것이 유리하다고 판단했기 때문입니다. 그래서 대부분의 군사 전문가들은 중국이 새롭게 개발한 첨단 미사일을 항모킬러라고 이야기하면서도, 중국이 많은 항공모함과 구축함을 생산하고 있는 점은 크게 주목하고 있지 않습니다.

여기에 더해서, 국가가 추진하는 업무에 대해 국제사회의 합의를 형성하지 못하는 경우, 명분을 형성하기 위해서는 통상 언론이나 국내법의 개정을 통해 의의를 마련하는 경우가 많다는 점을 주목하실 필요가 있습니다. 예를 들어 기관에서 새로운 업무를 추진할 때 법의 영역까지 가기 모호하거나 부담스러운 내용은 자체 규칙을 제정해 업무를 추진하는 것과 유사합니다.

이러한 시각으로 볼 때, '21년 중국은 국내법인 해상교통안전법을 개정·시행해서, 관할권이 미치는 해역에서 해군이 관여할 수 있는 근거를 마련했습니다. 즉 도련선은 확장하고, 이 안에서는 자신들의 군함이 적극적으로 활동할 수 있도록 만드는 것입니다. 따라서 주력이 바다고, 육상은 보조적 보험이라는 해석이 더 적절하다고 보입니다.

세 번째 국가는, 일본입니다.

바다를 잘 사용하던 강대한 국가였지만, 2차 세계대전을 일으키고 패배하여 전범국으로서 군대를 운용할 수 없습니다. 그래서 국제법에서 설명 드렸던, 무력공격에 대비하여 국가를 지키기 위한 자위권을 행사하기 위해 '자위대'를 운용하고 있습니다.

그러나 그 군사력은 세계적인 수준이며, 전체적으로 우리나라보다 앞선다고 평가받고 있습니다. 게다가 그들 스스로는 자위대가 아니라 군이라고 생각하는 것 같습니다. 왜냐하면 잠시 언급해 드렸던 것과 같이 2018년도에는 우리나라의 구축함과 해상자위대 초계기(정찰용 비행기) 간에 마찰이 있었습니다. 이때 일본 초계기는 우리나라 구축함이 사격을 하기 위해 표적을 쫓는 레이더로 자신들을 추적했다고 주장하였고, 우리나라는 아니라고 반박하는 등 일부 갈등이 있었습니다. 이에 양국 방송국에서는 이를 상세히 보도하면서 상황이 녹화, 녹음된 내용을 공개했습니다.

이때 일본은 스스로를 해상자위대(JMSDF: Japan Maritime Self-Defense Force)가 아닌, 일본해군(Japan Navy)이라고 부르고 있었습니다. 앞서 자위권과 연계지어 생각하면, 군과 자위대의 개념 차이가 상당하다는 것을 알 수 있고, 자위대가 군대라는 지위에 집착하는 것은 의도를 의심할 수밖에 없습니다. 일본 자위대의 해상기인 욱일기에 대해서는 워낙 많은 사료와 사례가 있어 별도로 언급하지 않겠습니다.

그리고 이러한 일본의 지도자라고 하면 천왕과 내각총리대신을 들 수 있겠습니다.

잘 아시다시피 천왕은 선출이 아니라 혈통을 타고나는 것이고, 선출되는 총리도 우리나라와 같이 국민의 직선 투표로 뽑는 것이 아니라 국회 의결에 의해 지명됩니다. 한국과 같이 여당과 야당이라는 개념이 없는 것은 아니나, 특이하게도 한 당에서 상호 다른 이슈별로 계파를 나누어 선거에 입후보하기에, 어떤 정치적 성향을 가지고 있더라도 결국 하나의 당이 계속 여당이 되는 독특한 문화가 있습니다. 구체적으로 말씀드리면 집권당은 자민당으로 정해져 있고, 이것이 반복된다는 것입니다.

그래서 그런지 국가정책은 시대의 흐름과 상관없이 상당한 일관성을 가집니다. 자위대의 목표와 주요 활동 내용 등을 공식적으로 명시하는 '방위백서'라는 문서가 있는데, 일본은 여기에 수십 년간 독도가 일본의 것이라고 꾸준하게 명시하고 있습니다.

한편, 중국이 그러했듯 2007년 해양기본법을 제정하고, 영해의 외국 선박 규제 법안을 추구하고 있습니다. 종합적으로 판단하면, 독도 주변까지의 해양 주권을 설정하여, 필요 시 자위대의 사용을 정당화하겠다는 것으로 해석됩니다. 좌우로 우리 바다는 좁아져 오고 있습니다.

네 번째 국가는, 러시아입니다.

중국과 비슷하게 군사력 순위를 논하면, 세계 3위 안에는 꼭 들어가는 강대국입니다. 앞서 북한이나 중국과 같이 공산주의를 기반으로 한 국가가 대부분 그렇듯, 지도자가 장기 집권하고 있으며, 국가의 의지에 큰 영향력을 미치고 있습니다.

한편 세계 선두권을 다투는 강력한 국력에 비하면, 국민의 경제 수준이 비교적 높지 않은 것이 사실입니다. 이에 따라 물론, 내부적으로 국민적 반감도 존재하고, 때때로 지도자가 이를 압박으로 느낄 정도로 커지기도 했습니다. 그런데 지속적으로 한 지도자의 연속적인 선출이 이루어지고 있습니다. 이는 강력한 러시아라는 카리스마를 매력으로 내세우는 정책을 통해서 국민들이 받는 자긍심과 이를 기반으로 지도자가 받는 지지가 경제적 불만보다 더 크기 때문이라고 보입니다.

잠시 말씀드린 바와 같이 대외정치의 의사결정은 국내정치와 여론의 영향을 크게 받을 수밖에 없습니다. 러시아는 미국과 힘겨루기를 했던 거대축이라는 영광을 되새기고 있고, 이는 강한 국민의 자존심 그 자체입니다.

그래서 그런지 지도자는 그와 조국의 강한 모습을 보여주는 것에 큰 관심이 있습니다. 아시다시피 일부러 접견 시간에 늦게 나타나기도 하고, 전투기를 직접 몰거나 거대한 오토바이를 타고 다니기도 합니다.

이처럼 우리 러시아는 매우 강력하다는 점을 지속해서 보이는데, 이는 군사적인 측면에서도 마찬가지입니다. 전투기를 이용해서 중국의 영공을 침입하고, 일본에는 전투기와 군함을 통해 쿠릴열도 주변에서 기 싸움을 하는 등 다양한 분쟁을 일으키기도 합니다. 특유의 은폐력 때문에 잘 드러나지는 않지만 수많은 핵잠수함 전력이 있다는 점도 종종 공개하곤 합니다. 또한, 2022년 러시아의 우크라이나 침공 사례를 역시 유사하게 해석할 수 있습니다.

결국, 아직도 미국에 비견한 군사력을 가지고 있다는 자부심을 기본으로, 어떠한 상황에서도 지지 않고, 자존심을 높이는 모습이 돋보입니다.

다섯 번째 국가는, 미국입니다.

미국은 우리의 동맹국이자 세계에서 가장 강한 국가입니다. 이를 잘 표현 해주는 용어로 '팍스 아메리카나(Pax Americana)'라는 말을 종종 사용합니다. 그러나 익숙하지 않은 라틴어이다 보니 직관적으로 뜻이 와 닿지 않는 경향도 있습니다. 이 단어를 영어로 번역하면 'American Peace'입니다. 세계의 평화와 질서를 유지하고 주도하는 국가를 의미합니다. 오늘날 세계질서의 주인공은 미국이라는 주장에, 군사, 경제, 국제법 등 여러 가지 측면에서 동의할 수밖에 없습니다.

미국은 우리와 같이 선거로 대통령이 선출되므로 대외정책에 변화는 종종 있으나, 자국의 이익을 잘 챙기는 후보가 지도자가 될 가능성이 큽니다. 이런 점은 우리나라와 크게 비슷한데, 통상 성향이 다른 두 후보 중에서 한 명이 대통령이 됩니다. 그러다 보니 각 후보는 서로를 지지하는 세력의 목소리를 더 받아들여 선거를 치르게 되고, 이 과정에서 점차 각자의 성향이 강해져 개성을 갖추게 됩니다. 그 때문에 지도자가 선출되면, 과거 교체된 지도자와 다른 개성을 가지고 있어 국내와 대외 정치에 많은 변화를 가지고 오기도 합니다.

물론 미국은 강력한 해군력을 바탕으로 바다를 통해 세계에 현재의 국제질서를 강요하고 있습니다. 이는 지속적으로 언급됐으므로 짧게 여기서 정리하겠습니다.

마지막 국가는, 한국입니다.

우리나라에 대해서는 이미 잘 아실 겁니다. 하지만 앞서 주변국들을 평가하던 시선을 그대로 유지하면서 우리 스스로를 돌아보는 것도 의미가 있을 것 같습니다.

우수한 국력을 가진 국가 중에서는 흔하지 않게 자원이 풍부하지 않으나 이를 극복하고 있고, 침략전쟁을 통해 부를 축적하지 않았다는 점이 개인적으로 무척 자랑스럽습니다. 또 인접한 동북아 국가 중에서 흔하지 않게 국민 직선제 선거를 통해 지도자를 선출하고 있습니다. 이러한 근거를 바탕으로, 동북아의 진정한 민주주의 강국이라는 타이틀도 썩 어울립니다. 이는 힘겨운 역사를 넘어서 이루어낸 큰 성과입니다.

국방의 역사도 그렇습니다. 한국의 기틀이 된 조선 시대부터 생각해도 외국의 침략이 잦았고, 일제 식민지 시대를 겪었으며, 진격보다 방어에 집중해왔습니다. 이러한 아픔의 시간과 대응 못했던 역사를 두고 평화를 사랑하는 민족이었다고 교육하는 것도 목격하였습니다. 그러나 이는 대단히 잘못된 것으로 생각합니다. 이웃 나라가 아닌 우리나라 국민이 평화로워야 평화라는 이름을 쓸 수 있을 것입니다.

  북한의 기습 남침에 의해 큰 전쟁을 겪었으며, 이후 휴전 중에도 국경과 영해지역에서 빈번하게 군사적 갈등이 발생하여 경계심이 클 수밖에 없습니다. 이에 따라 우리는 북한을 중점으로 두고 국방 정책을 수립해왔는데, 그러다 보니 다른 국가의 침략에 대응하기 위한 대비책은 상대적으로 중요성을 인정받기 어려웠습니다. 그러나 명심해야 할 사실은 특정한 주적이라는 존재가 없는 대부분의 국가도 불특정 다수의 적이 침략하는 것을 가정하고, 이를 저지하기 위해 군을 보유하고 있다는 것입니다.

  상식적으로 현재 우리는 북한을 압도할 국방력을 갖추었습니다. 하지만 혹여 모를 기습적인 위협을 위해 또 한반도 내부에 그 대비책을 쌓으려는 의견들이 많습니다. 과거부터 육지로의 많은 침입이 있어서 그런지, 군사력을 빽빽하게 채워두는 것이 안전하다는 생각들이 많습니다. 하지만 현대전에서 한 장소에 많은 군사력을 집중시키는 것은 그리 좋은 방법은 아닙니다.

  비유하자면, 적의 목표를 단숨에 파괴할 능력을 갖춘 우수한 무기체계를 전략 '자산'이라고 합니다. 그리고 경제 전문가들은 '계란'을 한 바구니에 담지 말라고 합니다. 따라서 밀도 높은 군사자산의 영토 내 집중은, 위험관리에 적절한 방안이 아니라는 것입니다.

또한, 한 적에게만 집중에서 모든 상황에서의 완벽한 방어에만 집중하는 것은 다른 빈틈을 만드는 결과를 초래하게 됩니다. 자고로 위협적인 국가를 특별히 경계하고 이에 방책을 준비하는 것은 현명하지만 한 목표에만 매몰되는 것은 오히려 독이 됩니다. 적은 상황에 따라 변하는 것으로, 정해져 있는 것이 아닙니다.

주변에 위협이 될 수 있는 국가들을 시시각각 인지하고, 그들이 사용할 가능성이 높은 전략을 상상하고, 다양하고 유연한 대비를 하는 것이 현실적이고 효율적일 것입니다.

7. 자유의 대가

　잠깐 중국에 대해 설명 드리면서 도련선에 대해 언급하였습니다. 이것과 가장 대비되는 국제적 행보가 미국이 수행하고 있는 항행의 자유 작전입니다.

　우선, 앞서 말씀드린 바와 같이 도련선이란 바다를 일종의 국토화, 영토화하는 작업으로 인지하시면 좋습니다. 반대로 항행의 자유 작전은 미국이 국제법상 명시된 전 세계의 바다를 자유롭게 항해할 수 있는 현재의 질서를 보장하기 위한 행위입니다. 실제로 미 해군은 전 세계의 바다를 항해하고 있고, 해당 작전에 대한 연례보고서를 발간하고 있습니다. 어떤 이는 국제법상 항행의 자유가 보장되어 있기 때문에 우리나라의 해군이 굳이 연안을 벗어나 대양항해를 할 수 있는 권리와 역량을 확보하는 것은 불필요하다고 이야기하기도 합니다.

　그러나 현재, 미국은 중국의 도련선을 위기감을 가지면서 돌파하고 있고, 2021년에는 남중국해 근해에서 미군의 군함이 수중 미상 물체와 충돌하여 사고가 발생하기도 했습니다. 앞서 말씀드린 바와 같이, 국제사회는 그렇게 치안이 잘 유지되고 있지 않습니다.

이러한 국제적 정세에, 미-중은 강대국들의 싸움이니 우리나라는 괜히 고래 싸움에 등 터지지 말고 빠져야 한다는 이야기도 있습니다. 그러나 우리나라의 과거를 볼 때, 이러한 사고방식은 굉장히 위험합니다.

아시다시피 우리나라는 본디 하나의 국가가 남과 북으로 갈라져 있는 분단국입니다. 지금도 많은 국민들이 통일을 갈망하고 있습니다. 또, 통일을 원하지 않는 사람이라 하더라도, 온전한 한반도의 모습이 아니어서 생기는 국력의 한계는 공감할 것입니다.

이렇게 분단이 된 직접적인 계기는 한국전쟁입니다.

한국전쟁 때 우리나라는 당시 전쟁에 큰 역할을 할 만한 힘이 없었습니다. 특히 개전 후 중국의 공산당군이 몰아닥칠 때 연합군이 원하는 대로 움직일 수밖에 없었고, 그러다 보니 전쟁을 마무리 짓는 것도, 마무리 지을 때 전쟁 당사자의 권리에 대해 목소리를 낼 권한도 부족했습니다.

만약 우리가 승리에 이바지할 힘이 더 있었다면 이야기는 달랐을 것입니다. 휴전을 정하는 시기도, 그어진 38선도, 한반도라는 우리 영토라는 명분과 함께 강력하게 주장할 수 있어 현재와는 상당히 다른 대한민국이 되어 있었을 것입니다. 크지 않은 미래에 세계의 화약고라고 불리는 이 동북아 주변에서, 높은 확률로 우리나 우리의 동맹국과 관계된 갈등이 반드시 생길 것입니다.

이때, 동맹국이나 우리나라가 승리하더라도 아무런 기여를 하지 못하면 또다시 아무런 주장도 펼칠 수 없을 것입니다. 지금의 우리나라 군사구조로는 기여는커녕 갈등지역으로 적정한 군사력을 기동시키는 것도 여의치 않습니다.

어떤 사람들은 각종 국제문제는 외교로 풀어야 한다고 주장하기도 합니다. 국제법상 명시된, 이상적인 이야기임이 분명합니다. 하지만 앞서 국제사회의 현실을 다루면서 세상은 모든 국가가 동등한 권리를 가지고, 합리와 이성으로 타협하며 돌아가는 이상적인 세계가 아니라는 것을 확인하였습니다.

그렇게 외교력을 쏟아부었는데, 일본과 독도 문제가 해결되었는지, 7광구는 잘 풀리고 있는지 반문해 봅시다. 중국이 노골적으로 서해 쪽으로 공장을 운영해서 나오는 미세먼지로 인해 위협받는 국민건강에 대한 협의는 잘 되고 있는지, 우리나라의 한복과 김치를 중국 고유의 문화라고 주장하는 행동을 멈출 수는 없는지 등 이들을 대화로 정리할 수 있는지 확신할 수 있는지 질문하면, 그들은 대답할 수 없을 것입니다.

결국 국방력과 영향력도 외교적 수단입니다. 외교로 푼다는 것은 의지를 강제할 수단이 폭력이 아니라는 것뿐, 분명히 주고받는 것이 있다는 것입니다. 위기마다 우리가 상대에게 무엇을 주어야 할지를 고민하기보다, 스스로 강해지는 것이 다각도에서 이롭습니다.

이렇듯 우리가 누리는 자유는 대가를 요구합니다. 미국 워싱턴 D.C.의 한국전쟁기념관(Korean War Veterans Memorial)[4]에는 이를 이렇게 명시해 두었습니다.

"Freedom Is Not Free."

잠깐 국제뉴스를 들어보기만 해도 주변 국가들의 군사적 움직임이 무언가 예사롭지 않다는 것은 누구나 알 수 있습니다. 우크라이나, 홍콩, 티베트, 몽골, 위구르가 그렇고, 인도와 미얀마, 대만이 그렇습니다.

동맹국이 위기의 상황임에도 아무것도 해줄 수 없는 국가에는 위기를 극복했을 때 아무런 보상도 없을 것이 당연합니다. 또한 그들이 처한 상황이 진행되는 현상을 보면, 누가 보아도 곧 대한민국의 차례가 다가올 것입니다. 그런데도 미국이 어떻게든 해 줄 것으로 생각하는 사람들은 조국을 또다시 강대국에 의탁하고, 또 자신과 자녀의 운명을 알아서 해달라는 것과 동일한 꼴입니다.

대영제국의 수장이었던 윈스턴 처칠(Winston Leonard Spencer Churchill, 1874~1965년)은 다음과 같이 말했습니다.

---

4 한국전쟁 기념관 (Korean War Veterans Memorial): 한국전쟁에서 엄청난 희생을 치른 미국이 6·25전쟁 참전 용사를 기리기 위해서 만들었다.

"위험에 직면했을 때 모른 척하거나 도망쳐서는 안 된다. 굴하지 않고 즉각 대처하면 위협은 반으로 줄어든다."

전쟁 편

8. 천개의 전쟁

　대한민국에서 새로운 무기체계가 개발될 때, 유튜브 채널에서 '한국의 미사일이 상대국 전력이 가까이 오기도 전에 모든 것을 박살낸다. 이에 일본이 벌벌 떨고, 중국이 아연실색하며 미국과 러시아가 공손해지는 이유'와 같은 섬네일을 종종 보신 적이 있으실 겁니다.

　특히 강력한 한방 무기, 앞서 말씀드렸던 전략자산인 미사일이나 전투기 등을 성공적으로 개발했다는 소식이 있을 때 자주 볼 수 있습니다.

　보통 한반도에서 빼곡하게 상대국을 향해 미사일이 날아가는 그림과 함께 말입니다.

　군인으로서, 우리 군의 능력에 자부심을 가져주는 것은 감사한 일입니다. 하지만 저런 형태의 그림은 전쟁의 다양성에 대해 오해를 부르기 쉽습니다.

　요즘 한 나라는 온전히 그 하나의 나라라고 보기 어렵습니다. 다양한 나라와 복잡하게 이해관계가 얽혀있고, 한 국가의 영토에 다른 수많은 국가의 국민이 거주하고 있으며, 외국의 자산이 그 나라 자산 이상으로 들어가 있기도 합니다. 즉, "전쟁 개시!"라고 해서 상대국의 영토에 미사일을 쏟아부어 버리는 모습은 그 나라와 관련 있는 전 세계의 다양한 국가를 상대하겠다는 각오가 아니고서야 예상하기 어렵습니다. 만약 한다 해도, 최대한 민간지역까지 피해가 확대되지 않는 수준의 무기를 사용할 가능성이 높습니다.

사실, 전쟁의 목적이 상대의 순살과 멸절이라는 극단적인 선택뿐이라면, 핵무기가 생긴 순간 다른 무기는 개발할 필요가 없었을 것입니다. 그래도 계속 새로운 총과 포와 같은 무기는 만들어지고, 그것들을 사용한 싸움은 일어나고 있습니다. 전쟁을 위해 왜 강력한 한방무기 외의 다양한 무기가 개발되는 것인지에 대한 고찰부터 해야겠습니다.

답은, 전쟁은 한 가지의 모습이 아니기 때문입니다. 그리고 이렇게 전쟁의 모습이 다양한 이유는 모든 전쟁마다 그 목적이 다르기 때문입니다. 전쟁의 목적을 살피기 위해서는 전쟁의 개념에 대해 고찰할 필요가 있습니다.

카를 폰 클라우제비츠(Carl von Clausewitz)는 전쟁론에서 전쟁을 "의지를 관철하기 위해 상대방에게 강요하는 폭력"이라고 정의하였고, 이는 아직 의미 있게 받아들여지고 있습니다.

이 개념에 착안해서 생각하면, 암살, 테러, 정보전, 참호전, 미사일전, 핵전쟁 등 국가가 타 세력에 의지를 강요할 필요와 수준에 따라 사용하는 폭력의 수단이 다를 뿐 모두 전쟁의 한 형태로 볼 수 있겠습니다.[5] 저 같은 군인에게 전쟁은 모든 것입니다. 모든 것을 전투 위주로 생각하게 됩니다. 그러나 국가적으로 보면 아주 위험한 하나의 정책 수단에 불가합니다. 과거 영웅들의 이야기를 보면, 그들은 평생을 무예를 위해 바쳤지만 결국 이들을 어떻게 사용할지는 나라를 다스리는 군주의 몫이었습니다. 그리고 그들은 필요에 따라 다양한 성향의 무인들을 사용해 국가를 운영해 왔습니다. 그리고 오늘날 군주의 명령은 바로 국민의 정치적 의사결정입니다.

결국, 전쟁은 때리고 말고의 한 형태가 아니라 언제, 어떻게, 누구에게 우리 국가의 의지를 강요할지에 따른 정치적 판단에 따라 무한한 형태가 될 수 있습니다.

---

5 통상 현재의 군사학에서 전쟁을 일정 이상의 규모를 가진 세력과 발생한 사상자를 기준으로 하지만, 제한된 가정을 해제하고, 미래 가능한 상황을 모두 상정하기 위해 갈등, 분쟁, 전쟁을 모두 포함하였다.

9. 비례성

앞서 말씀드렸던 국제법을 다시 말씀드리고자 합니다. 국제법에서 무력 사용에 대한 가장 큰 개념은 두 가지인데, 하나는 이미 소개해 드렸던 '자위권'이고, 나머지 하나는 지금부터 설명 드리고자 하는 '비례성'입니다.

자위권은 앞서 얘기한 것과 같이 국가의 정당방위입니다. 타 국가에 대해서 군사력을 사용해도 이를 인정받는다는 조건입니다. 여기까지는 앞서 설명 드린 바와 같습니다. 그런데 이때, 고민해야 할 요소가 생깁니다. "과연 반격한다면 어느 정도까지 해야 할까." 하는 점입니다.

이런 점에 엄격한 우리 군인들은 "도발하면 천배로 갚아준다."라는 표현을 잘 씁니다. 전우와 국민께 조금의 위협이라도 가하면, 다시는 건드릴 생각도 못 할 정도로 본때를 보여주겠다는 것입니다. 저도 현장에 있을 때는 군인으로서 위협할 시도만 보여도 박살 내겠다는 각오를 하고 근무했었습니다. 지금도 현장 요원은 그렇게 생각해야 한다고 생각합니다.

그러나 국제정치적으로, 또 역사적으로 생각해 볼 때, 국가를 다스리는 입장에서는 이는 그리 단순한 것이 아닙니다. 여러 가지 계산을 하고, 다양한 상황을 염두에 두셔야 합니다.

예를 들어 한 국가가 다른 국가를 공격하고 싶다고 가정해 봅시다. 자위권의 조건을 충족한다고 무한하게 공격할 수 있다면, 스스로 갈등지역에서 자국의 빈 선박 한 척을 피해 입히고, 다른 국가의 소행으로 몰아 전략무기들로[6] 폭격해버리는 행위도 충분히 가능하다는 것입니다.

그래서 자위권을 행사할 때에는 '받은 무력공격에 준할 정도로만' 반격을 해야 한다고 정해둔 개념이 비례성입니다. 앞서 설명 드린바와 같이 정당방위와 비교해서 말씀드리겠습니다.

예를 들어 강도가 들어왔을 때 손에서 무기를 떨어뜨리고 쫓아내는 정도는 정당방위로 인정되지만, 도망가는 상대방을 추격해 그 이상의 위해를 가하면 이는 정당방위로 인정되지 않습니다. 여기도 의견이 분분합니다. "강도가 몇 명인지, 어떠한 무장이 더 있는지, 또 찾아올지도 모르는데 확실하게 제압해야 하는 것 아니냐."라는 의문이 들 것입니다. 정확한 지적입니다. 정당방위에서도 이에 대한 시비가 존재하고, 비례성도 똑같은 의미에서 항상 논쟁이 발생합니

---

6 전략무기란, 전쟁 승패 자체를 좌우할 위력의 미사일, 핵 등의 무기를 말한다. 앞서의 전략자산과 동일하게 생각해도 큰 차이는 없다.

다. 이 논쟁의 승리는 통상 강대국입니다.

이제부터 설명 드릴 전쟁의 종류에 대해서 자위권과 비례성을 고려하시면서, 해상에 기동력이 있는 다양한 무기를 갖추어야 한다는 제 의견을 음미해주시기 바랍니다.

10. 총력전

　전쟁이라고 하면 폐허가 된 국가, 불타는 도시, 수많은 전사자, 하늘을 날아다니는 미사일과 총알들을 떠올릴 것입니다. 이처럼 전쟁이라는 개념을 생각할 때는 1, 2차 세계대전이나 한국전쟁과 같이 국가의 모든 것을 건 전투 장면이 먼저 생각납니다.

　이러한 전쟁의 형태를 '총력전'이라고 합니다. 어떤 국가나 상대 세력을 완전하게 굴복시키기 위해 국가가 가진 온 힘을 다하는 것입니다. 전쟁 중에서도 강력한 이미지를 가지고 있습니다. 그런데 이 총력전이라는 것은 쉽게 일어나는 것은 아니며, 발생 전에는 일정한 조건이 필요합니다.

　우선, 세계질서가 흔들려야 합니다. 왜냐하면, 국제사회나 국제사회의 질서를 유지하는 국가는 다른 국가들이 군사력을 이용하여 또 다른 국가를 굴복시키는 것을 보통 용납하지 않기 때문입니다. 예를 들어 오늘날의 현실을 적용해 보겠습니다. 말씀드린 바와 같이 지금은 팍스 아메리카나로, 총력전이 발생하기 위해서는 미국이 주도하는 질서를 거부할 수 있는 국가가 전쟁을 주도하거나, 미국이 관심 없는 지역이거나 관여할 명분이 없는 상황 등이 배경으로 형성되어야 한다는 것입니다.

그래서 발발 확률을 따지면 수많은 전쟁 중에 총력전은 의외로 자주 발생하지는 않습니다.

이러한 총력전은 그 외의 전쟁과는 다른 특징을 가지고 있습니다. 사생결단의 개념이기 때문에 사용하는 무력에 제한이 적어지고 비례성과 같은 신사적인 개념은 희미해질 것입니다. 그래서 전쟁 개시부터 상대가 반격할 수 없도록 최선을 다합니다. 상대국을 완전히 굴복시키는 것이 목적이 되는 경우가 대부분이고, 그 때문에 더욱 과감한 결정을 하게 됩니다.

이러한 관점에 비추어보면 현대전에서는 통상 가장 빠르고 강력한 전략무기인 미사일과 전투기를 이용한 본격적인 전투가 기습적으로 벌어질 것입니다.

그러면, 한 국가가 총력전을 결심했을 때 전쟁이 어떻게 시작되고 종결될지 보다 구체적으로 고민해 보겠습니다.

만약에 지도자 1명만 제압하면 모든 국민이 패배를 인정하고 무력화되는 국가라면 그 지도자가 있는 곳을 노릴 것입니다. 하지만 오늘날 그러한 국가는 흔하지도 않고, 전쟁이 진행되었을 때 반격할 수 있는 수단이 있다면 포기하지 않고 싸우려는 국민은 반드시 남아있을 것입니다.

따라서 상식적으로 상대가 반격하기 위해 사용할 무장을 무력화시킬 수 있는 곳을 노릴 것입니다. 이때 상대방이 갖추고 있는 전략자산들은 가장 큰 위협으로 작용할 것입니다. 그래서 앞서 공중임무명령서(PRE-ATO)를 적용하여 우리가 먼저 파괴하고자 시도하려고 했던 전투기나 전투기 비행장, 미사일이나 미사일 기지는 전쟁 개시와 동시에 표적이 될 것입니다. 이들은 가장 위력적이므로 사용하기 전에 격파할 가치가 가장 높은 대상이기 때문입니다.

오늘날 이렇게 UN 헌장을 무시하고, 많은 국가의 비난을 감수하면서 전략자산을 활용한 기습공격을 감행할만한 국가는 많지 않습니다. 그런데 한국은 북한이라는 가장 호전적인 국가가 인접해있고, 비록 전투기와 미사일이 첨단화되지 못했다고 하더라도 그들의 입장에서는 종심이 짧은 우리의 미사일 기지와 비행장은 상당히 가깝고, 또 회피할 수 없는 고정표적이어서 충분히 시도할만한 목표입니다.

11. 총력전과 해군

    한반도의 가용 부지는 다른 전 세계 국가들에 비하면 넓은 편이 아닙니다. 제가 항공모함의 필요성에 대해 주장할 때, 어떤 이들은 "우리의 전투기와 미사일이 모든 적에게 닿는 이 좁은 전장에서 그런 무기들이 왜 필요한가."라고 반박하는 이도 있었습니다.

    하지만 1장 '나의 주장'에서 말씀드린 바와 같이, 오히려 영토가 좁아서 바다를 이용할 필요가 있다고 생각합니다. 반복해서 말씀드리지만, 우리의 전투기와 미사일이 적에게 닿는다면, 적의 전투기와 미사일 역시 우리에게 닿는다는 뜻입니다. 게다가 가용부지가 적어 전투기와 미사일 등을 배치할 장소가 한정적이어서, 공격하는 입장에서는 어디를 쳐야 할지 뻔합니다.

    게다가 우리나라는 국제사회의 질서를 잘 지켜, 선제공격할 가능성이 작습니다. 애초에 헌법에 국제평화의 유지에 노력하고 침략적 전쟁을 부인한다고 명시되어 있습니다. 즉, 전쟁이 발생한다면 한 번은 적의 공격을 막아냄과 동시에 시작할 가능성이 큽니다. 이때 고밀도의 영토에, 전쟁 시 명백하게 최초의 표적이 되는 미사일 기지와 비행장을 집중시킬 필요는 없을 것입니다.

더욱이 진정으로 전쟁에서 이기는 것은, 전쟁과 관계없이 국민의 정상적인 삶을 얼마나 보장해 줄 수 있는지도 핵심적 요소입니다. 즉 전장에 전쟁과 관계없는 국민을 끌어들여서는 안 된다는 것입니다. 적이 영토에 집중된 군사력을 공격한다면, 그 경로상의 국민들의 삶에도 영향을 주게 됩니다. 압도적으로 정밀한 무기체계를 가진 미군도 걸프전에서 오인과 오폭으로 많은 민간인 사상자를 발생시켰습니다.

군함에도 전략 미사일을 탑재할 수 있고, 전투기를 운용할 수 있습니다. 그래서 우리의 전략자산이지만 적의 공격목표이기도 한 무기체계들을 한반도에 사는 국민들과 떨어진, 바다의 군함에 실어서 흩어두는 것을 제안하는 것입니다.

이렇게 했을 때, 기대되는 효과는 다음과 같습니다. 단순하게 육상과 해상으로 전략자산의 배치를 나눈 것이지만 상대에게 육상과 해상, 어디부터 공격할지 선택을 강요하게 됩니다. 또 군함은, 맞추기도 쉽지 않습니다. 기동력을 갖추고 있어 어디에 있는지 찾기도 어렵고, 군함 자체에 탑재된 방어체계까지 생각하면 공격하는 입장에서의 난이도는 고정된 육상과 비교할 바가 안 됩니다.

가끔 한반도 주변의 바다가 좁다며 군함의 위치가 환하게 보이는 것처럼 얘기하는데, 만약 군인이라면 단순하게 상황실에서 전시된 화면만 보았기 때문이고, 군인이 아니라면 전쟁 게임의 화면을 보고 상상한 결과에 불과합니다. 현실은 전혀 다릅니다.

실제로 드론과 같은 정찰자산이나, 레이더나 위성 장비를 운용해 보면 바다에서 움직이는 물표를 찾기가 쉽지 않다는 것을 알게 될 것입니다. 해상사고가 발생했을 때 수색하는 과정이 얼마나 어려운지가 그 증거입니다. 통상 우리나라와 중국, 우리나라와 일본 사이의 바다가 좁다고 주장하는 이들이 많습니다. 그러나 대부분의 거리는 서울에서 부산만큼이나 떨어져 있습니다. 바다에서 군함들이 한눈에 다 보이는 것처럼 오해하는데, 서울에서 경기도만 가도 오백 미터가 훌쩍 넘는 롯데월드타워가 보이지 않습니다. 물론 군함의 높이는 훨씬 작고, 바다 역시 조금만 이동해도 한반도는 비교조차 되지 않는 넓이로 펼쳐집니다. 바다가 좁다는 것은 생각일 뿐, 배를 타고 직접 경험하면 육지와는 전혀 다른 공간이라는 것을 실감할 수 있습니다. 게다가 육지는 무기체계를 배치할 수 없는 국민들의 거주지역이나 접근하기 어려운 산지, 호수와 강 등이 있어 군사력이 위치할 수 있는 곳이 한정적이어서, 장소의 예측과 식별이 용이한 것에 비하면, 군함은 어디 있는지 파악하는 것이 상대적으로 더욱더 어렵습니다.

어쨌든 적이 선제공격을 수행한 경우, 육상은 말할 것도 없이 명백한 '무력공격'이므로 우리는 '자위권'을 행사할 수 있습니다. 군함이 공격받을 경우에도 군함은 국제법상 영토로 취급받기 때문에 상당한 '비례성'을 인정받을 수 있어, 전쟁 시 영토에 거주하고 있는 국민의 안전을 보장함과 동시에, 국제법상 명분을 확보한 상태에서 적극적으로 반격할 수도 있습니다. 또, 군함이 여타의 공격을 받아 기능을 상실하여도 육상에 남은 전략무기로 보복할 수 있으며, 반대의 경우도 그렇다는 것입니다. 물론 생각이 있는 적이라면 육지와 해상, 동시다발적으로 공격할 것입니다. 그러나 기습공격 후에도 영토에만 군사적 수단이 집중된 경우보다는 반격할 무기체계가 남겨져 있을 가능성이 훨씬 큽니다.

이를 군사적인 용어로는 '억제'라고 합니다. 상대가 공격하기 전에, 상대에게 내가 너의 공격을 막거나 버틸 수 있고, 곧이어 반격할 수 있는 역량을 보여주는 것으로 공격할 엄두 자체를 못 내게 하는 것입니다.

전쟁의 수단은 첨단화되었지만 결국에는 싸움입니다. 이종 격투기 대회를 생각해보면, 다른 선수를 공격할 때 권투만 할 줄 아는 상대에게 접근하는 것과 킥과 그래플링 기술을 사용할 줄 아는 상대를 대하는 것은 전혀 다른 전략이 요구되고, 훨씬 까다롭습니다.

나아가 한반도 주변의 바다에 군사력을 배치하는 것은 진정으로 군이 보호해야 할 대상인 국민과 영토에 대한 위협을 바다로 돌려 국가의 방패로써 사용할 수 있고, 공격할 의지 자체를 꺾는 효과를 지닐 수 있습니다. 기습적인 적의 공격을 막을 수 있는지 없는지도 중요하지만, 일단 적의 칼끝이 국민과 영토는 아니어야 합니다.

1장 '나의 주장'에서 말씀드렸듯 가끔 "우리나라에 적이 상륙할 경우 수백만의 예비군과 육군이 잡는다.", "쳐들어올 테면 오라지, 대한민국 육군을 만나면 바로 녹아버릴 것이다."라는 주장도 자주 마주합니다. 그러나 그 적이 녹아버리는 공간이 할부금이 나가는 자동차 위이고, 피가 흐르는 곳이 대출받아 구매한 집이며, 적과 싸우는 것이 우리의 가족이라는 뜻입니다. 물론 적을 녹여버리는 우리의 화력은 적에게만 위협적이지 않습니다. 부수적인 피해는 국민의 몫이 됩니다.

게다가 자원이 풍부하지 않은 우리나라의 경우 외국 투자가 몹시 중요한데, 그러한 전쟁이 발생한 불안정한 영토에 외국인들이 신뢰를 가질 가능성이 몹시 낮습니다.

즉, 이기든 지든 한반도에서 발생하는 피해는 우리의 재산이고, 사상자는 우리의 가족과 지인이 될 것이며, 다시 회복하기도 쉽지 않을 것입니다.

따라서 적과 대적할 때는 우리 국민의 생활과 관련 없는 장소에서 싸우거나, 차라리 먼저 가서 적의 영토에서 싸우는 것이 국민을 지키는 길입니다. 그러나 아시는 바와 같이 우리 한반도는 전장을 선택할 만한 넓은 공터가 없고, 선제공격이 제한되는 상황에서 적의 영토에서 싸운다는 개념도 생각하기 어렵습니다. 결론적으로는 바다밖에 없습니다.

이 때문에 적은 바다로 끌어들여 싸워야 하고, 영토에 들어오기 전에 막아야 하며, 영토로 들어온 적도 바다와 육지의 전 가용전력을 사용하여 최단시간 내 제압해야 할 것입니다.

진정으로 평화를 원한다면, 적의 총구를 영토 밖으로 유도하고, 적이 국토에 닿기 전에 몰살하는 것이 방법입니다. 그 방법이 제가 지금까지 주장한 방법, 즉 전략무기들을 영토가 아닌, 바다에 배치하는 것입니다. 400년 전 한반도에 존재했던 전쟁의 신은, 이에 대해 이렇게 표현했습니다.

"바다로 오는 적은, 바다에서 막아야 한다."

12. 국지전

국지전은 말 그대로 제한된 지역에서의 전쟁입니다. 그러나 여기서는 총력전보다 좀 더 낮은 단계의 전쟁, 쉽게 표현해서 나라 간상호 사정을 봐가며 싸우는 전쟁을 다룰 예정입니다. 애초에 지역을 제한해서 싸운다는 것 자체가 본토를 공격함으로써 전쟁이 확대되는 것을 방지하면서도, 제한된 일부 전장에서의 목적만 달성하겠다는 의도가 대부분이기 때문입니다.

그 때문에 총력전이 아무런 규칙이 없는 길거리 싸움이라면, 국지전은 '거기까지는 가지 않도록' 규칙을 가진 다양한 격투기 대회를 생각하면 될 것입니다. 무규칙에 가까운 종합격투기 대회도 있고, 등을 땅에 닿으면 안 되는 격투기 대회도 있고, 아예 주먹만 써야하는 권투경기도 있습니다. 어쨌든 어느 정도 국제사회의 눈치를 보는 것으로 정해진 규칙이 있고, 그 규칙 안에서 싸운다는 공통점이 있습니다.

길거리 싸움에서는 냅다 흉기로 내리치는 것이 승리의 전략인 것처럼, 국지전은 전략무기들로 기습적으로 폭격해버리는 총력전과는 약간 다른 양상이 펼쳐집니다.

그러면, 국지전을 전투가 발생하는 지역, 즉 '전장'과 전투를 수행하는 수준인 '정도'의 2가지 개념으로 나누어서 설명 드리겠습니다.

일단은 '지역'입니다.

지역을 한정시키면 임무가 단순명료해져서 전쟁을 수행하는 난이도는 낮아지지만, 그만큼 다른 위협을 대비하는 것에는 약해집니다. 이는 해군의 역사 속 '연안해군' 시대의 배경과 함께 설명하겠습니다.

한국전쟁을 겪은 군인들이 정권을 잡고 있던 시절, 우리나라는 북한의 위협만을 집중적으로 경계했습니다. 그리고 해군의 역할을 국지전에 고정했습니다. 이를 간략히 표현한 문장이 당시 군인 출신 대통령이 언급한 이 문장입니다.

"한국 해군의 역할은 철저한 연안방어에 있다."[7]

1980년에는 항모도 있고, 전쟁에서 해군 화력지원도 활용되었지만, 아직 한반도라는 전장을 한국전쟁에서 한국군이 바라보던 수준에서 벗어나 분석하지 못했고, 전쟁은 군인이 국민을 지키는 개념이라기보다는 국가를 지키기 위해 국민들이 함께 해야 한다는 개념이 더 크던 시절의 생각으로 보입니다. 또, 전쟁은 오로지 북한에 의해

---

7 김인승(2020). 한국형 항공모함 도입계획과 6·25전쟁기 해상항공작전의 함의. 국방정책연구, vol35(126), 103-136

서만 일어나고, 육군과 지상군의 예비군들이 막을 것이니, 해군과 공군은 육군이 잘 싸울 수 있도록 한정적으로 지원하는 선에서 그치라는 것입니다.

당시 우리나라의 열악한 경제상황과 군사력 수준을 생각하면 그게 옳은 것일 수도 있습니다.

문제는 오늘날까지도 전쟁 시 우리나라 해군의 주요 역할을 연안으로 침투하는 적 특수부대의 차단과 보급 선박을 방어하는 것 등, '바다를 지키는 것'으로 한정하는 경우가 많다는 것입니다. 놀랍게도 육군이나 공군은 물론, 작전을 전문적으로 수행하는 해군 장교들도 이러한 생각을 많이 하고 있습니다. 이는 휴전선을 제외하고는 북한이 침투할 경로가 하늘과 바다밖에 없는 한반도의 특성과 영토 밖에서 움직이는 해군의 기동성만을 놓고 계획한 결과로 보여집니다.

즉, 너무 주적에만 집중하다보니 '국가와 국민을 지키는' 대전제보다 '북한은 어떻게 침투할까'에 매몰되어 있다고 판단할 수밖에 없습니다. 그래서 해당 역할에만 집중하다 보니, 과거에는 연안해군을 벗어나면 안 되고, 해상에 가상의 경계 구역을 만들고, 이 각 구역을 보초병이 근무하듯 돌아다니며 유사 시 해상전만을 수행하는 개념이 강조되었던 것 같습니다.

그러나 이는 본래 해군과 공군의 역할 중 몹시 작은 부분입니다.

여기에만 매몰된다면 한반도의 방패인 해군과 한국의 창인 공군의 강점을 포기하게 됩니다. 멀리, 넓게 보는 자세가 필요합니다. 군함은 적의 바다로 치고 들어가 화력지원으로 지상군이 진출할 경로를 뚫어주고, 적을 바다에 가두어 버리는 수단으로까지 활용될 수 있어야 할 것입니다.

한국전쟁은 우리의 입장에서는 끔찍한 총력전입니다. 그러나 미국에서 볼 때는 대리전이자, 국지전에 불과합니다. 이때 미국은 탱크가 아니라 항모와 구축함을 가져와 적 비행장을 폭격하고 정유공장을 파괴했습니다. 그렇게 주요 무기체계를 해군으로 제거하여 승리의 기반을 마련했습니다.

위와 같은 논리에 요즘은 잠수함이 있고, 항모용 미사일이 있어 그때와 다르다고 주장하시는 분들도 있습니다. 잠수함과 군함용 미사일은 1차 세계대전 때부터 있었고, 2021년 8월에는 영국 항공모함 전단이 미행하던 중국 잠수함을 잡기도 했습니다. 항모킬러라고 이름 붙인 미사일에 대해서는 뒤에서 첨언 드리겠습니다. 그러나 결국은, 그때나 지금이나 무기체계에 '데우스 엑스 마키나(Deus ex machina)'[8]는 없습니다. 우리가 두려워할 것은 단지 두려움 그 자체뿐입니다. 어떤 과제에 대해서 풀 생각보다 상대할 수 없다고 가정

---

8 데우스 엑스 마키나(Deus ex machina): 문학 작품 등에서 도저히 풀 수 없는 문제들을 전지적인 관점에서 해결하는 연출이나 플롯 장치

해 두고 접근하는 것은 문제를 해결하지 않겠다고 주장하는 것입니다.

영토에서 벌어진다면 총력전으로 확장될 가능성이 크지만, 해군의 경우에는 국지전으로 한정해서 국가에서 필요한 만큼의 이익을 추구할 수 있습니다. 해군은 '바다만 지키는 군'이 아닙니다. '바다에서 국가를 지키고 번영을 추구하는 군'입니다. 미국이 그랬고 미국 해군의 스승 격인 영국이 그랬습니다.

다음은 '정도'입니다.

최근 어느 군이든 그 비전문서[9]에서 고민하는 것은, '회색지대전략' 같은 애매한 갈등상황입니다. 회색지대전략을 싸움에 빗대어 쉽게 말하면 '시비'입니다. 와서 멱살 잡고 주먹으로 치는 것이 아니라 앉아있는 의자를 툭툭 찬다거나, 길에서 어깨를 부딪치는 것 등입니다.

국가적인 차원으로 보겠습니다. 어느 국가의 영토에다가 미사일을 쾅 하고 날리면 누가 봐도 도발이고, 무력공격입니다. 반면에, 슬그머니 군함이나 항공기가 다가와서 영해나 영공을 휩쓸면서 정보를 싹 긁어가고, 괜히 등장해서 국민 불안을 야기하는 것 등을 가정해 볼 수 있겠습니다. 당하는 입장에서는 반격하고 싶지만, 자위

---

9 비전문서: 각 군은 '비전 ○○(년)'이라는 이름으로, 현재의 정보를 바탕으로 십 년, 십오 년 후 등의 미래 전쟁을 예측하고, 어떻게 준비해야 하는지 고민한다. 이 문서를 비전문서라고 한다.

권과 비례성을 생각할 때 쉽지 않을 것입니다.

이런 요소를 보다 덜 고민했던 과거에는 '고슴도치 전략'이라는 것이 있었습니다. "내가 널 죽일 힘은 없지만, 건드리면 찔러서 팔다리 정도는 못쓰게 해주겠다."라는 개념입니다. 강대국을 대상으로 약소국들이 균형있는 군사발전 보다는 오롯이 핵이나 첨단 장거리 미사일 개발에 집중하는 국방정책이 대표적인 사례입니다.

어떻게 보면 그럴싸하게 보이지만, 실상 효과를 거두기는 어렵습니다. 고슴도치 이론의 시작은 북한이라고 볼 수 있는데[10], 전쟁을 '한다.', '만다.'처럼 이분법적으로만 나누어 생각한 한계가 분명히 나타납니다.

상대가 고슴도치를 건드린 건 건드린 건데, 이게 막 가시로 반격할 정도가 아니라면 대책이 없습니다. 또 가시로 찌르면 상대국은 그것을 명분으로 제대로 보복할 수 있어서 오히려 악수를 두게 됩니다. 그 결과 북한은 지금 보듯이 경제적인 압박 등을 통해 고립되어 아무것도 할 수 없는 국가가 되었습니다. 그들이 이 애매한 전쟁에 대응할 수 있는 건 바다에 미사일을 쏟아붓고, 자신들의 영토에 핵폭발을 일으켜 우리가 이렇게 무섭다고 엄포를 놓는 것뿐입니다.

고슴도치의 한계는 이렇게 명확합니다. 목표가 없는 곳에 미사일

---

10 "호랑이라도 고슴도치는 못 먹는다."라고, 미국과 같은 강대국을 상대로 북한이 핵무기 등 무서운 공격력을 보유하면 건드릴 수 없다는 논리를 전개하였다.

을 쏘아대며 '우리 가시는 이렇게 길고 날카롭다.'라고 주장하는 것은 어느 정도 용인됩니다. 오히려 이러한 행동은 일부 국가에서는 자국의 결집력을 강화하는 데 사용할 수도 있습니다. 반면에, 고슴도치 국가가 가시를 타국에 발사하는 것은 '너희는 총력으로 우리를 죽여도 된다.'라고 말하는 격입니다. 즉, 고슴도치 국가의 해상로를 봉쇄해서 말려 죽이고 있다고 하더라도, 적의 군함이나 영토에 미사일이라는 가시를 쏘는 것은 몹시 제한됩니다.

회색지대 전략은 쭉 있었습니다. 군과 민간 요소를 적절히 섞어 본격적인 군사도발이라고 해석하기 어렵게 부대를 운용하거나, 상대 영토에 피해는 주지 않으면서 주변 도서나 경제 활동을 하는 상선과 어선 등을 애매하게 방해하거나, 압도적인 위력의 군함을 상대국 국민들의 시야에 발견될 정도로 접근하여 기습적으로 공개하여 공포심을 조성하는 것 등입니다. 즉, 상대방이 군사적인 보복을 할 정도는 아니나, 모호한 무력행위로 자국의 의지를 관철시키는 것입니다.

이러한 점에서 바다를 이용하여 상대국의 경제 활동 등을 방해하는 것은 너무나 사용하기 적절한 전략입니다. 바다는 영토에 비해 국민적 관심이 민감하지 않고 경계 구역도 직관적이지 않고 모호해서 애매하게 사용하기 좋기 때문입니다.

반대로 말하면, 해상력이 우세한 국가가 정치적인 의도를 가지고 상대국을 압박하는 '정도의 국지전'을 사용하고자 할 때는 거의 바다를 이용할 가능성이 크다는 것입니다. 또한, 해군력이 우세하지 않은 국가라고 하더라도 국내 여론의 지지를 받기 위해 외부의 적을 강조할 필요가 있는데, 이때 진짜 총력전 수준의 전쟁을 각오한 것이 아니라면 바다에서 갈등을 일으킬 가능성이 클 것입니다.

결국, 대부분의 국지전은 바다에서 일어날 가능성이 크다는 결론이 도출됩니다. 때문에, 머지않은 미래에 우리 주변의 바다나, 우리가 바다를 통해서만 적극적으로 관여할 수 있는 여타의 갈등이 반드시 발생할 것입니다. 이때 영토가 아니라고 해서 좌시하거나 가볍게 여기어서는 안 됩니다. 앞서 본 것과 같이 대한민국은 한반도에 한정해서 생각하면 안 되기 때문입니다. 보호해야 할 대상은 한반도가 아니라 국민의 생활이고, 국민 경제 활동의 영역은 전 세계입니다.

또, 결국은 싸움입니다. 서열 싸움은 어깨치기 한번, 따귀 한 대에서 시작됩니다. 한 대 맞았을 때 눈을 깔고 피하면 영영 회복할 수 없습니다. 이는 국가 자존심의 문제로, 국민의 사기와 직관된 것입니다.

13. 국지전과 해군

 앞서 설명 드린 바와 같이, 결국 우리는 아무래도 가능성이 높은 애매한 분쟁에 대응해야 합니다. 이때, 우리의 경제 활동을 방해하는 방법이나 분쟁을 일으킬 적당한 장소로 바다를 고를 것이 예상된다고 말씀드렸습니다.

 이러한 저의 주장에 대해 "우리 바다를 차단할 국가라면 중국인데, 우리나라는 상대가 될 수 없다."라고 하거나, "북한을 상대할 것이라면 거대한 군함은 필요가 없다."라는 반박을 하는 자들이 많습니다. 후자인 북한에 대해서는 앞서 충분히 설명되었다고 생각합니다. 그리고 이미 설명 드린바와 같이 우리 바다의 봉쇄란 단순히 우리나라를 감싼다는 의미는 아닙니다. 바다를 통한 현재의 활동을 막는다는 것은 교역국의 바다를 직간접적으로 차단하는 것으로도 충분합니다. 다만, 이 장은 해상봉쇄를 위주로 다룰 예정입니다. 따라서 여기서는 중국에 대하여 말씀드리고자 합니다.

 적을 가정할 때 상상력에 제한을 두는 것이 바람직하다고 생각하지는 않으나 대부분이 생각하듯 현실적으로 우리의 해양을 봉쇄하려는 국가가 있다면 중국이 될 가능성이 몹시 큽니다. 앞서 도련선 전략이나 대외 외교의 성향을 고려할 때 더욱더 그렇습니다. '우리가 상대가 되느냐?'라는 물음에 답하자면, 일단 대승적인 차원에서 상대가 됩니다. 당장의 전력 차이가 있지만, 국지전의 목적을 볼 때 전체적인 전력은 핵심이 아닙니다.

바다를 압박하는 이유 자체가, 총력전으로 이끌지 않으면서도 우리를 지치게 하여 어떤 목적을 강요하려는 의도라고 말씀드렸습니다. 왜냐하면, 앞서 총력전에 대해서 언급한 바와 같이 총력전으로 인식되는 순간, 이는 현재 미국이 주도하는 국가 질서를 무너뜨리는 것이 되고, 미국이 간섭할 가능성이 몹시 커지기 때문입니다.

즉, 해군 간 무력갈등이 본격화되는 순간 '회색지대전략'이나, 의도했던 국지전의 상황은 깨어져 본래 계획했던 상황과 전혀 다른 양상이 펼쳐집니다. 이 논리에 대해서는 "그러면 미국이 어차피 상대해 줄 테니까 군이 해군력을 키울 필요가 없다." 하는 의견을 내시는 분들도 있습니다. 그러나 앞서 말씀드린 바와 같이, 어떠한 갈등에 있어서 우리가 우리의 권리를 책임질 힘이 부족하다면 국가의 운명을 강대국에 맡겨둔 것과 같습니다. 분단국이라는 현실 자체가 이를 증명하고 있습니다. 따라서 1:1로 이길 수는 없더라도 적어도 미국의 참여가 있을 때까지 버틸 정도라도 되어야 합니다.

그리고 전쟁에서 승리할 때, 누가 보아도 많은 기여를 했다는 명분이 있어야 전쟁으로 소비한 것을 회복할 몫을 챙길 수 있을 것입니다. 일하지 않은 자는 먹을 것도 없는 법입니다.

한편, 어떤 군사 전문가들은 상대 해군이 강하니 군이 위협을 감수할 필요가 없다고 주장하며 잠수함만을 주장하기도 합니다. 즉, "비대칭 전력인 잠수함만 우리 주변의 바다에 배치시키면 된다."라고 말하기도 합니다.

잠수함이 강한 것은 사실입니다. 하지만 강대국이 우리를 압박하는 상황이라면, 전 세계에 이 부당함과 상대의 무도함을 알리고, 국가는 우리 국민을 절대 포기하지 않고 지키는 모습을 보여주는 것이 핵심입니다. 그런데, 잠수함이 절대적인 강점을 가지는 이유는 육안이나 레이더로 안 보이고, "One shot, One sink"라는 파괴력이 뛰어난 공격 때문입니다.

즉, 잠수함은 공격에 몹시 특화된 무기체계입니다. 그리고 상대에게 포착된 후에는 몹시 약해진다는 특징도 있습니다. 잠수함을 운용해보면 알겠지만, 일단 수상함에 한 번 잡히고 나면 잠수함이 다시 승기를 잡기란 거의 불가능합니다. 이는 탑재무기체계의 양과 속도가 수상함에 비해 떨어지기 때문입니다. 그래서 잠수함은 어떤 압박에서 벗어나기 위해서는 선제공격하는 수밖에 없는데, 이는 우리가 스스로 국제적 질서를 깨뜨리게 하는 결과를 낳습니다. 앞서 말씀드린 전투기나 미사일과 같은 존재라는 것입니다.

그래서 잠수함이 수상함에 강하니 잠수함만 많이 만들라는 이야
기는 저격수 한 명이 보병 수십 명을 상대할 수 있으니 모든 병력을
저격 요원으로 교체하고, 경계에서 돌격까지 작전을 수행하라는 격
입니다.

따라서 다양한 무기체계가 있는 해군 플랫폼이 다채롭게 구성되
어 필요한 바다로 나갈 수 있어야 합니다. 해군의 무기체계들인 잠
수함, 호위함, 구축함, 이지스함, 항공모함, 조기경보기, 전투기, 군수
지원함[11]은 모두 다 각자의 역할이 명확합니다.

물론 잠수함의 가치는 총력전이든 국지전이든 꼭 필요하다고 생각
합니다. 특히나 잠수함 장교인 저는 더욱 그렇게 생각합니다. 그러
나 비대칭적으로 강력한 만큼 한계도 분명합니다. 수상함과는 사용
법이 전혀 다릅니다. 잠수함의 역할을 크게 보면 다음과 같습니다.

첫째는, 정말 은밀한 작전을 수행할 때 사용하는 것입니다. 진짜
타격을 하는 경우에는 믿음직스럽습니다. 총력전이든 국지전이든 물
속에서 강력한 무기체계로 상대를 마비시켜 놓고 싸우고, 상대가 다
가올 때 수상함 몇 척을 가라앉혀 버린다면 감히 접근할 생각을 못
할 것입니다. 다만, 직접 타격보다 모습을 보이며 기 싸움을 하고,
한 대 맞았을 때 버티고 반격해야 하는 상황에서는 활용이 제한될
것입니다.

---

11 해군이 가지고 있는 무기체계들로, '해군 편'에서 간략하게 개념을 설명하였다.

둘째는, 수상함 전력과 섞어서 진형을 형성해서 사용하는 것입니다. 이는 특정 국가가 강력한 잠수함을 운용한다는 점을 알기만 하는 것으로도 "저 수상함 전력에는 보이지 않지만 물 밑에 잠수함이 어딘가 있을 것이다."라는 억제력을 가지게 되고, 또 실제로도 그렇습니다.

국지전은 총력전과 달리 정도를 가정한다고 말씀드렸습니다. 때문에 국지전에서는 전자보다는 후자로 사용되는 것이 적절합니다. 이러한 점에서 잠수함 전력은 잠수함만으로 구성될 것이 아닙니다. 수상함 전력들과 함께 있을 때 적에 대한 심리적 압박이나 실전적인 강력함 등을 고려하여 진짜 위력을 발휘할 수 있습니다.

뒤의 '소통 편'에서 보충해서 설명 드리겠습니다.

14. 연합전

앞서 살펴본 총력전이든 국지전이든, 소수의 나라를 제외하면 오늘날 대부분의 국가는 동맹국이 있습니다.

따라서 동맹에 가입된 국가에서 전쟁이 일어났다고 하면, 또 이 분쟁이 일정 규모 이상이라면, 전쟁의 형태는 동맹국 간의 협업이 이루어지는 이른바 '연합전'의 양상이 될 가능성이 상당히 높습니다. 그러니까 우리나라에서 발생한 전쟁이 아니더라도 참여해야 할 필요가 있을 가능성이 크다는 것입니다. "타국의 전쟁에는 간섭할 필요가 없다."라는 주장을 하시는 분들도 많습니다. 하지만 나중에 에티오피아의 설명을 드릴 텐데, 국제사회에서 도움을 청하기 위해서는 신뢰가 중요합니다. 동맹국의 부름에 우리가 가지 않았으면서 우리가 부를 때 동맹국의 도움을 바라는 것은 어불성설입니다.

그 때문에 우리는 동맹국의 전쟁에 어떠한 방식으로 기여하는 것이 적절할지 고민할 필요가 있습니다. 지금 우리나라는 강대국들과 동맹이 체결되어 있고, 문화적·경제적으로 전 세계와 연결되어있는 상태입니다.

영토가 전장이 되는 것을 거부하고, 유리한 곳을 전장으로 선택하여 함께 싸울 수 있는 역량을 준비해 두는 것은 연합전에 큰 역할을 할 것입니다.

15. 연합전과 해군

연합전의 성격을 보면, 직접 전투를 수행하든 군수를 지원하든 어떤 역할을 맡아 함께 싸우려면 전장을 공유해야 합니다. 즉, 원하는 곳에 가야 하는데 이때 바로 해군의 기동력이 요구됩니다.

더욱이 우리나라는 북한으로 이어지는 길을 제외하면 타국으로 가는 방법이란 오롯이 바다를 넘는 것뿐입니다. 물론 공군의 수송기도 있습니다. 하지만 동맹국을 부를 정도의 전장이라는 점을 생각하면 해군을 사용하는 것이 훨씬 효율적일 것입니다.

해군은 인원과 각종 화물을 싣는 데 적합하여 군이 전투를 수행하지 않더라도 무기나 식량을 지원하거나 환자를 수송하는 등 군수적 측면과 인도적 부분의 지원도 가능합니다.

군이 위험을 무릅쓰지 않고, 연합군으로서 역할을 다해서 필요한 권리를 주장할 수 있다는 것입니다.

16. 합동전

    연합과 합동은 비슷해 보이지만, 연합은 여러 국가의 군이 하나의 목적을 위해 협력하는 것을 뜻합니다. 반면에 합동은 지상군, 해군, 공군 등 여러 종류의 군종이 함께하는 것을 말합니다.

    따라서 합동전은 해당 작전에서 주력이 되는 군종은 물론이고, 해당군을 '얼마나 잘 지원할 수 있는가?' 하는 것이 핵심적인 요소가 됩니다.

    예를 들어 육군의 돌격작전이 있다면, 돌격로를 먼저 공격해줄 공군의 폭격과 도착지점에서 충분한 보급을 책임져줄 해군의 역할 등입니다. 또한 해병대의 상륙전이 있다면 적진까지 병력을 안전하게 수송하는 해군의 역할 등이 그렇습니다.

17. 합동전과 해군

    합동전에는 해군의 특징인 융통성과 기동성이 사용될 가능성이 몹시 높습니다. 이는, 이어지는 해군의 다섯 가지 특성을 이해하면 자연스럽게 논리를 전개할 수 있습니다.

    해군의 기반문서 중 하나인 해본 기본교리에 따르면, 해군력의 특징을 기동성, 융통성, 지속성, 현시성, 투사성 다섯 가지로 설명합니다.

    이는 전쟁사, 과학기술을 전반적으로 고려해 정리한 것으로, 다음 장인 해군 편에서 소개하겠습니다.

해군 편

18. 기동성

해군의 특징 첫 번째는, 기동성입니다.

해군의 기동성에 대해서 논할 때, 군함이 항공기나 자동차에 비해서 빠르지 않은데 기동력이 특징이 맞느냐는 질문을 항상 들어왔습니다. 어떤 분들은 "굼벵이 같은 속도의 군함은 빠른 전쟁에 기여할 부분이 적다."라고 주장하시기도 했습니다.

하지만 이는 군사학 용어개념에 대한 이해가 부족하기 때문에 발생하는 오해입니다.

표준국어대사전에 따르면 군사적 의미의 기동이란, '전투 수행에서 적보다 유리한 위치를 차지하기 위하여 부대를 이동시키는 작전 활동'을 뜻합니다.

그러니까, 속도의 문제가 아니라 이동할 수 있는 능력을 뜻합니다. 전쟁 시 작전을 위해 요구되는 지역으로 갈 수 있느냐 없느냐입니다. 물론 해군은 역사적으로 그 기동력을 이용해서 대항해 시대를 열어왔고, 제국들이 식민지를 정복할 때 항상 사용해왔습니다.

19. 융통성

두 번째는, 융통성입니다.

사전적으로 '그때그때의 사정과 형편을 보아 일을 처리하는 재주'를 말하는데, 통상 군함에는 많은 무기체계가 탑재되어 있습니다. 때문에, 이는 어찌 보면 당연한 것입니다.

군함에 대해서 잠깐 설명 드리겠습니다. 의외로 많은 사람이 처음 해군에 배치되었을 때 "어느 부대냐?"라는 질문을 합니다. 예를 들어 "대조영함이다."라고 답변하면, "배 말고 자고 생활하는 부대가 어디냐?"라고 다시 질문합니다. 이에 다시 말씀드리게 됩니다. "자고, 생활하는 부대가 대조영함입니다." 즉, 군함은 부대 그 자체입니다.

나중에 군함의 종류에 대해서 설명 드리면서 보다 구체적으로 말씀드릴 것이지만, 육군에서 이야기하는 중대나 연대와 같은 개념이 해군은 군함의 크기로 설정되어 있습니다. 자, 그러면 육군의 부대를 생각해 봅시다.

규모에 따라 다르겠지만 주변을 경계하는 감시 병력이 있을 것이고, 전파로 적을 탐색하는 레이더 병력, 대공화기, 미사일, 박격포, 소총, 저격총 등을 운용하는 전투를 위한 병력이 있을 것이고, 생활을 위한 취사, 시설물 수리, 보일러를 운영하는 병력 등이 있을 것입니다.

해군은 이들을 군함에 빼곡하게 채워 넣었다고 보시면 됩니다. 이 때문에 군함에는 복합무기체계라는 수식어가 항상 함께하는 것입니다.

따라서 군함은 한 척이라고 할지라도 많은 역할을 수행할 수 있어서 융통성을 갖추고 있을 수밖에 없습니다. 육군으로 치면, 언급했던 여러 작전을 수행하는 각 부대가 모여서 있는 것과 같기 때문입니다.

그러한 군함은 앞서 잠시 언급된 바와 같이, 국제법상 영토의 자격을 가지고 있습니다. 즉, "국가이자 부대"의 성격이라는 점이 핵심입니다.

따라서 외교, 재난의 구호 활동을 포함한 다양한 임무를 동시적으로 수행할 수 있습니다. 예를 들어 제가 잠수함인 이순신함을 타고 수행한 림팩 훈련의 주된 임무는 타국들과 연합훈련을 하는 것이지만, 리셉션을 통해서 외교도 다지고, 주변국들에게 우리의 능력을 보여 억제의 역할도 하는 것 등 다양한 역할을 수행하고 오는 것입니다.

20. 지속성

세 번째는, 지속성입니다.

융통성에서 언급된 바와 같이 선박인 군함은 군수부대를 탑재하고 있는 하나의 부대이므로 애초에 지속성을 갖추고 있습니다.

군함 안에는 냉난방 장치도 있고, 화장실과 오수처리 장치는 물론이며, 바닷물을 정화해서 생활용수로 쓸 수 있는 장치와 부상자를 위한 수술실까지 마련되어 있습니다. 저와 같이 성격이 활발하지 못한 집돌이라면 오히려 편할 수도 있습니다.

잠깐 해군의 보직에 대해서 이야기하자면, 크게 군함이라는 부대에서 근무하는 함상 근무와 이러한 군함을 지원하는 등의 역할을 수행하는 육상 근무로 나눌 수 있습니다. 저 같은 경우에는 임관 후 8년 동안 함상 근무만 하였습니다. 그리고 그중 2년은 잠수함에서 생활했습니다. 이러한 이야기를 하면 많은 사람이 갑갑했겠다, 힘들었겠다는 말들을 해주시는데, 저는 원래 움직이는 것을 좋아하지 않아서 아늑하게 생활했습니다. 오히려 현재 육상 근무를 하면서 '대한민국의 여름이 이렇게 더웠고, 겨울이 이렇게 추웠구나!' 실

감하고 있습니다. 함상 근무가 힘들다는 인식이 많습니다만, 어디
나 사람 사는 곳이고, 애초에 군함을 설계할 때 사람이 잘살 수 있
도록 만들었습니다. 군함 자체가 지속적인 임무를 수행할 수 있는
부대로 만들어져 있습니다.

21. 현시성

네 번째는, 현시성입니다.

이는 보유한 군사력을 보여 주는 것을 의미합니다.

군대의 행진과 첨단무기를 공개하는 것 역시 같은 차원으로 해석할 수 있습니다. 우리 군이 얼마나 잘 훈련되어 있고, 잘 싸울 수 있나를 보여 주는 것입니다.

사실 예전에는 군에서 행사를 하면 절도 있게 걷는 동작이나 차력에 가까운 특공무술 실력을 보여 주는 경우가 많았습니다. 그러나 차츰 전쟁에서 승리를 좌우하는 것은 사람의 무술 실력보다는 첨단 무기체계라는 것이 상식으로 인정받으면서, 뛰어난 군사 기술을 보여 주는 추세로 바뀌고 있습니다.

군사적으로 우세함을 보여 주는 이유는 싸우지 않고도 겁을 주거나 기만해서 목적을 이루기 위해서입니다. 사실 순수하게 전투상황에서 유리하고자 하면, 우리가 어떠한 무기체계를 갖추고 있는지를 감추었다가 전쟁이 개시될 때 기습적으로 활용하는 것이 적절할 것입니다. 하지만 손자병법에 이르기를, 싸워서 이기는 것이 최고가 아니라 싸우지 않고 이기는 것이 최선이라 하였습니다. 이는 앞서 설명 드렸던 억제의 개념과 연관되어 있습니다.

역사적으로 군함이 가지는 현시성은 자주 활용됐습니다.

1871년 조선군의 눈에 제너럴셔먼호는 움직이는 철옹성 그 자체였습니다. 지금은 동맹국인 미국의 행위이지만 우리는 이를 신미양요로 이름 붙이고, 아직도 그 공포를 기억하고 있습니다.

그뿐만 아니라, 일본 막부시절의 쇄국정책을 마무리 짓고 메이지 시대를 열어젖힌 것도 미국 페리 제독(Matthew Calbraith Perry, 1794~1858)이 이끌던 4척의 검은 군함이었습니다. 일본의 인기 만화 〈바람의 검심〉의 교토 대화재 편에서도, 이 사건을 '흑선 내항(구로후네 라이코)'이라고 하여 군함의 시각과 청각적 효과가 주는 트라우마를 명시하고 있을 정도입니다.

이는 오늘날까지도 유효합니다. 각종 관함식과 해상사열, 연합 해상훈련 등의 형태로 활용되고 있습니다. 혹자는 이러한 행사를 실속 없다고 주장하기도 하는데, 실제 연합훈련을 수행해보면 적 군함에 탑재된 무기체계의 외형을 보고 스텔스의 정도, 예측되는 무장의 종류 등을 통해 그들의 기술력을 가늠할 수 있고, 함께 훈련해보면 실전에서 어느 정도의 실력을 보일 수 있을지 짐작할 수 있습니다.

즉, 위력적이고 전략적 가치가 높은 군함을 보유하는 것과, 이를 세계 각국에 공개하고 함께 훈련하는 것 자체가 중요한 군사적 억제를 발휘하고 있는 것이라는 의미입니다.

무기체계에 조금이라도 관심이 있는 사람이라면 뉴스에서 공개되는 미국의 항공모함과 이지스함, 그리고 거기에 탑재된 항공기와 무장을 보자마자 '괜히 천조국이 아니구나!', '그 위엄이 엄청나 만만히 볼 수 없겠다!' 하는 생각을 했을 것입니다.

더욱이 직접 보면 그 카리스마는 상상 이상이고, 함께 훈련하면서 기동하는 모습을 보면 굳이 싸우지 않더라도 그 군사력을 실감할 수 있습니다.

따라서 정말 그 군대가 평소에도 가치를 가지려면 평소 자체훈련도 중요하지만, 그것으로 그치지 않고 많은 연합훈련에 참여하고 국내외 언론을 통해 그 위력을 알리는 것 역시 중요할 것입니다.

22. 투사성

다섯 번째는, 투사성입니다.

투사란 어디로 무언가를 던지는 행위를 말합니다. '바다를 지키는 해군'이 아니라 '바다에서 싸우는 해군'의 대표적인 미국과 영국은, 영화에서도 이러한 임무를 잘 표현해 두었습니다.

우선 미국입니다. 이제는 고전이 되어버린 영화 〈트랜스포머 2〉를 보면, 바다에 있는 미국의 줌왈트급 구축함이 이집트 내륙의 피라미드 위에서 작전을 수행하던 적 로봇을 레일건으로 격파하는 장면이 나옵니다. 또, 영화 〈007 노 타임 투 다이〉를 보면, 영국의 드래곤 구축함은 나노로봇을 제작하던 비밀기지를 파괴하기 위해 바다에서 미사일을 발사합니다.

해군이 투사하는 것은 레일건과 같은 함포나 미사일 뿐이 아닙니다. 군사력이라고 부를 수 있는 모든 전력을 보낼 수 있습니다. 즉 미사일, 함포, 항공기, 상륙군 등까지 다양합니다. 때때로 항공모함에 탑재하는 항공기나 상륙함에 탑재하는 해병대를 보면서 '단지 옮겨 타는 것에 불과하다.'라는 의견도 있습니다.

그러나 군사학에서 이 '환승'은 상당한 가치가 있습니다. 대표적인 예가 인천상륙작전인데, 보다 와 닿는 설명을 드리기 위해서는 또 게임 〈스타크래프트〉를 언급하지 않을 수가 없습니다.

이 환승이 바로 '드롭' 전술이기 때문입니다. 즉, 유리한 장소를 통해 안전하게 이동해서 핵심적인 지역에 우리 군사력을 두고 오는 것입니다.

과거에는 해군의 역할을 단지 '바다를 지키는 군', '바다로 오는 적만 막는 군'으로만 생각했습니다. 거기에 초점을 맞추어 만들어진 바다의 보초병으로서의 해군을 '연안해군'이라고 하겠습니다.

하지만 애초에 해군의 기본 성격은 투사성입니다. '바다로부터 군사력을 투사하는 군'으로서, 지상전이 발발해도 전장 밖에서부터 폭격, 항공기, 상륙군을 지원할 수 있습니다.

대영제국에서부터 현재의 미국까지, 강대국들은 대부분 이러한 해군의 전투로 그들의 지위를 만들어왔습니다.

해군은 사람과 재산을 싣는 선박을 주 전력으로 합니다. 기본 개념이 대륙을 담고 있는 해양과 참 유사합니다. 사실 크게 보면 모든 국가는 바다 위에 떠 있는 꼴이라 군함을 이용하면 어느 대륙이든 끌어안을 수 있습니다. 따라서 해군은 전쟁에서도 많은 영역을 담을 수 있습니다.

　육군, 해병대 등 지상군의 돌격을 지원하고, 공군과 함께 멀리 보고 연안에서 원해까지 작전하며, 적 미사일을 감시하고 공중에서 요격하여 우리 영토의 방패가 됩니다. 사실상 우리의 구축함들은 한반도를 감싸고 있는 아이언 돔입니다.[12]

　게다가 필요시에는 은밀하게 암살을 수행하고, 정보를 획득하며, 저 먼 곳의 우리 국민의 안전보장뿐만 아니라 거대한 군함과 첨단 무기체계를 공개하여 감히 싸움을 걸 수 없도록 하고, 재외 국민들

---

12 아이언돔: 이스라엘의 방공 시스템으로, 미니 이지스 레이더와 미사일을 이용하여 적의 단거리 로켓과 포탄을 방어하는 무기체계. 2021년 팔레스타인 하마스가 쏜 로켓포를 요격하는 모습이 보도되면서 큰 이슈가 되었다.

의 향수를 보듬어 주기도 합니다.

그래서 해군은 넓은 이해를 바탕으로 보텀(Bottom)[13]에서 기름에 찌든 정비복으로 기름을 닦고 볼트를 조이다가도 국민들 앞에서는 기대하시는 하얀 제복에 금 단추를 채우고 멋진 모습을 보여줄 수 도 있어야 합니다. 이것이 국민께 예의를 차리는 모습이라고 생각합니다.

---

13 Bottom: 배의 밑바닥, 해사 생도 1학년을 의미하기도 한다.

24. 해안포와 군함

일부 해안가에 사시는 분들을 제외하면, 바다란 실감하기 어려운 존재입니다. 즉, 통상 생활하는 환경과 동떨어져 있고, 육지와 비교해 너무나 넓어 잘 그려지지 않습니다. 군사 정책을 펼치는 분들께서는, 잘 보이는 영토에서 모든 방어를 하면 안심이 되시나 봅니다. 그래서 이러한 제안을 하시는 분들도 있습니다.

"한반도 영토를 빙 둘러서 다른 나라의 함대가 올 수 없도록 해안포를 설치하면 어떨까?"

다른 나라의 함대가 연안해군 전력이라면 가능성 있을 수도 있습니다. 하지만 보다 큰 군함들이 있다면 해안포가 몹시 불리합니다. 불침 항모론에 대해서 말씀드리면서 지적했던 〈스타크래프트〉의 '포톤캐논 전략'의 한계점을 소개했습니다. 이제는 이를 보다 이론적으로 말씀드릴 필요가 있겠습니다.

증명된 공식과 함께 살펴보시면 명확하게 군함이 훨씬 유리하다는 결론을 도출할 수 있습니다. 리베르타의 법칙은 영국의 항공학자 란체스터(Frederick William Lanchester, 1868~1946)가 만든 방정식입니다. 우선 수학적으로, 훈련과 주변 환경 등은 동일하다는 가정을 기반으로 합니다. 복잡할 것 없이 이 이론의 핵심은 2차원 전장에서 상대와 아군이 총을 쏜다고 가정하면, 공격력은 '무기의 질×무기의 숫자(발사량)^2'이 된다는 것입니다. 쉽게 말해서 목표에 화력을 집중시키는 것이 공격력의 핵심이라는 것입니다.

따라서, 한정된 사거리 내에서 원하는 부위에 화력을 집중할 수 있는 기동력, 즉 빠르게 움직이는 것이 아닌 원하는 지점으로 이동할 수 있는 능력이 핵심이 됩니다. 쉽게 말하자면 진형인데, 일렬로 해안가에 진형을 유지한 해안포와 이를 부분적으로 포위하듯 둘러싼 군함이 만난다면 군함이 훨씬 유리하다는 것입니다.

병법에서 공통적으로 주장하는 것 중 하나는 군사의 배치, 즉 '형'은 고정된 상태로 유지하는 것보다 상황에 따라 유리한 형태로 배치할 수 있도록 유연성을 갖추는 것입니다. 그리고 각 상황마다 리베리타의 법칙과 같이 다수가 소수를 공격하는 형상을 꾸미는 것이 좋습니다. 역사적으로 사례를 보자면 사백 년 전쯤에는 이순신 제독께서 '학익진'이라는 진형으로, 이백 년 전쯤에는 영국에서 넬슨 제독(Horatio Nelson, 1758~1805년)이 트라팔가르 해전에서 '종열진'의 응용으로 이를 증명했습니다.

군함이 쳐들어왔을 때, 문을 틀어막고 해안가에 병력만 소모하며 숨을 죽이는 것은 조선 시대에도 했던 일입니다. 그리고 결과는 처참하게 패했습니다. 타조가 모래밭에 머리를 박는다고 사자가 없는 것이 아니듯, 당장 눈앞에 안 보인다고 위협이 없는 것은 아니라는 점을 명심하셔야 할 것입니다.

고정된 방어는 불리한 상황이 다가오는 시간을 늦출 뿐이지만, 기동력과 공격력을 갖춘 전력은 전체적인 전력에서는 열세여도, 부분적으로는 유리한 점을 가지고 전투에서 승리를 확보할 수 있습니다.

25. 극초음속 미사일

2020년 이후부터 중국에서 개발되었다는 극초음속 미사일이 군사학계에서 논란이 되어왔습니다. 게다가 2022년도에는 북한에서도 이를 보유했다는 이야기도 있습니다. 존재의 진위를 떠나서 음속을 훨씬 웃도는 속도로 비규칙적으로 비행하면서 공격한다는 그 무기체계는 방어하기가 몹시 까다롭기 때문에 군사관계자들은 많은 관심을 가지고 있습니다. 이에 일부 언론과 군사 전문가들은 이를 '항모킬러', '해군킬러'라고 지칭하면서 군함들은 이들 때문에 아무 활동도 못 할 것이라고 주장하기도 했습니다.

그러나 정확히 말하면 이 미사일은 항모나 군함킬러가 아닙니다. 그냥 현재의 기술로 육상에서든 해상에서든 막기 힘든 미사일 중 하나일 뿐입니다. 이 미사일이 항모를 맞추면 항모킬러가 되고, 육상부대를 맞추면 육상부대킬러가 되는 것입니다.

반대로 생각해볼 필요가 있습니다. 총알과 포탄을 피할 수 있는 사람은 없습니다. 그래도 우리 군은 경계지역에서 보초를 서고 작전을 수행합니다. 이것은 군의 역할이 국민을 지키는 것이기 때문이지, 총알을 피할 수 있거나 막을 수 있기 때문이 아닙니다. 즉, 해당 미사일을 막을 수 없다고 해상에서 군함이 활동을 못 할 것이라는 말은, 육상에서 막지 못하는 미사일이 있다면 한반도에서 철수하자는 말과 같은 논리입니다.

그리고 총력전에서 군함과 육상의 무기체계 방어에 대해서 설명드린 바와 같이, 고정된 육상의 물표는 아무래도 군함보다 방어에 불리합니다. 그런데도 우리 국군은 상대 무기 체계의 사거리 안에서, 최전방에서부터 한반도를 지키기 위해 물러나지 않습니다. 그리고 그것이 우리 국민이 안심하고 정상적인 생활을 영위할 수 있는 이유입니다.

사람이 살아가는 목적은 생존이 아니라 삶입니다. 그 때문에 대부분의 사람은 의미 없이 오래 살기보다는 주어진 시간을 가치 있게 살기를 희망합니다. 마찬가지로 군함은 항구에 있을 때 가장 안전합니다. 하지만 그것이 군함이 만들어진 목적은 아닙니다.

26. 해군의 개념

　지속적으로 언급한 바와 같이, 일반적으로는 해군을 생각할 때 해전만을 생각하는 경우가 많습니다. 심지어 해군도 그들 스스로를 '바다를 지키는 해군!'이라며 역량을 한정하기도 합니다. 하지만 앞서 설명드린 것과 같이 바다를 지키는 것뿐만 아니라, 바다에서 육지를 포함해 원하는 지역으로 군사력을 투사하는 것 자체가 해군의 핵심 역할 중 하나입니다.

　따라서 해군에 대한 제 해석은, 바다에서 자유롭게 전장을 선택하여 바다로부터 공격하는 군이라는 것입니다. 그렇기에 한반도에서 역사적으로 반복되어왔던 비극인, 국민의 생활 터전을 전장으로 선택했던 것을 방지할 수 있는 좋은 한 수가 될 수 있는 잠재력을 가지고 있다고 말씀드리겠습니다.

　적이 바다를 칠지 육상을 칠지 선택의 갈등을 야기시키고, 쳐들어온다면 바다로 유인하여 수장시키며, 우리가 쳐들어갈 때는 바다에서 적의 주요 거점을 파괴하여, 이기고 난 다음에 싸우는 것입니다. 여기에 이바지 할 수 있는 전력으로 활용할 방도를 연구하는

것이 국민의 삶과 전쟁을 분리시킬 수 있는 방법을 찾을 길일 것입
니다.

27. 침략의 본질

　역사를 공부한 후에 인간의 성향을 고르자면, 성악설이 아무래도 합리적이라고 생각할 것입니다. 성악설이란 본래 사람은 자기 이익을 먼저 추구하는 이기적인 존재이지만, 교육과 주변과의 상호작용을 통해 질서를 유지하는 방법을 익힌다는 개념입니다. 그래서 많은 사회학자는 배려와 존중은 학습에 의한 지능의 영역이라고 주장하기도 합니다.

　그리고 국가라는 단체 역시, 사람들이 모여 합의를 통해 이루어진 곳이라는 점에서 비슷한 성격을 가집니다. 다만 앞서 말씀드린 바와 같이, 세계정부가 치안을 유지하고자 하는 의지와 그 영향력이 국내 대비 국제가 더 약하다 보니, 국가는 개인보다 좀 더 자유롭고, 보다 노골적으로 이익을 추구하는 모습을 자주 보입니다. 다만 국내와 국제여론, 국제기구의 역할, 이익과 관련된 타 국가의 제재 등이 이를 조율하고 있는 정도입니다.

　결국, 침략이라는 행위가 주변의 제재를 견디고서도 자국의 이익에 적합하다고 판단되면, 사람이 사람을 해치는 것처럼 얼마든지

행할 수 있는 것입니다. 그리고 우리 주변국들은 모두 우리나라를 침략한 전적이 있습니다.

물론 과거와 달리 요즘은 국가 간 관계도 복잡하고, 국제질서 역시 체계가 잘 갖추어져서 막무가내로 침략행위를 한다는 것은 어려울 것 같습니다. 하지만 상황이 어떻게 변할지, 상대의 마음이 어떤지, 그 진심은 꿰뚫어 보기가 힘듭니다.

약 사백 년 전에도 왜국이 침략할 것이다, 아니다, 하는 분쟁만 하던 끝에 우리는 처참한 경험을 했습니다. 침략이 있을지 없을지는 알 수 없는 노릇입니다.

따라서 핵심은 준비입니다. 적의 입장에서 볼 때, 공격했을 때, 하지 않은 것보다 손해가 막심하도록 대비해야 합니다.

즉 침략의 본질은 이렇습니다. 사람과 국가는 이기적이고 상대의 것을 탐하기 쉽습니다. 여기에 대비하지 않는 것은 나의 것을 가지고 가라는 것과 같은 뜻입니다.

"적은 쳐들어오는 것이 아니라 끌어들이는 것입니다."

28. 함정사업

　여기서 말하는 함정사업이란 방위사업의 한 분야를 말하는데, 함정과 방위사업이라는 단어 자체를 낯설게 느끼실 수 있을 것입니다. 보통 이런 단어는 미국의 개념을 많이 채용하기 때문에 영어로 풀어 써보는 것이 한글보다 이해가 더 쉽기도 합니다.

　방위는 영어로 Defense, 사업은 Project입니다. 그러니까 국방 분야(Defense)를 위해 시간과 예산을 투자하여 특정한 목적을 이루는 것(Project)입니다. 그리고 함정은 군함을 뜻합니다.

　따라서 함정사업이라고 하면, 공무원들이 국가 예산으로 일정한 기간 군함을 건조하는 행동을 말합니다. 물론 다른 방위사업도 많습니다. 전차도 만들고 전투기도 만드는 것은 물론, 레이저 무기 등 미래 무기도 만듭니다.

　그런데 함정사업은 다른 사업과 구분되는 특징이 있습니다. 어느 정도냐면 그 특징 때문에 다른 사업과 적용되는 규정이 다를 정도입니다. 쉽게 생각하면 학교에서 A반과 B반이 적용되는 교칙이 다르고, 서울과 부산이 교통법규가 다르게 적용되는 격입니다.

함정사업이 다른 사업과 가장 다른 점은 바로 투입되는 시간입니다. 군함 한 척을 만드는데 설계부터 진수까지 통상 10~15년 이상이 소요되기 때문입니다. 글로 보시면 실감이 없을 수 있는데, 해당 세월이면 파생되는 효과가 대단합니다.

군함 한 척에 탑재되는 장비는 100~150여 가지입니다. 그리고 공간과 성능, 연동문제 등을 고려해서 건조 초기인 설계단계에서 어떤 장비를 설치해야 할지 대부분 결정해야 합니다. 그래서 기껏 다 만들고 나면 10년, 15년 된 구형 장비가 탑재될 수 있다는 것입니다. 간단하게 생각해서 10년 전 자동차 라인을 생각해 보시기를 권합니다. 현재 자동차에 탑재된 기능 중 그때 생각할 수 있었던 것은 얼마나 있었으며, 10년 후 어떠한 자동차가 나올지 예측하기는 쉽지 않을 것입니다. 이러한 사정을 모르는 사람들은 무조건 설계 시 10년 후 사용할 수 있을지도 모를 첨단장비를 탑재할 수 있어야 한다고 말하고, 다 만든 다음에는 제대로 만들어지지 않았다고 비난하기도 합니다. 결국 10년 이상의 기간 사이에서 검증된 기능과 첨단화의 균형을 잡는 것으로 보아야지, 어느 한 편만을 보고 비난하는 것은 적절하지 않습니다.

첨언으로, 요즘 함정사업을 통해 건조된 군함들보다 옛날이 더 잘 만들었다고 이야기하시는 분들도 있습니다. 그러나 이는 2006년 방위사업법의 제정 및 방위사업청의 개청으로 단지 배만 만드는 것이 아니라 무기체계의 성능, 신기술 적용, 국산화율 증대, 경제적 파급효과 향상 등 이룰 목표가 더 많아졌다는 점을 주목해야 합니다. 화력 일변도인 과거와는 다릅니다. 이는 환경규제로 지적받는 지금의 차들을 보면서 구형 차들이 더 낫다고 말하는 것과 같은 꼴입니다. 부디 이 글을 읽으시는 분들께서는 방위사업이라는 숲을 보지 못하고 일부 함정사업이라는 나무에 집착하는 우를 범하지 않으시기를 당부드립니다.

둘째는 한 척에 많은 장비를 담다 보니 비싸다는 것과 시간이 오래 걸리니 시제품을 만들 수가 없다는 것입니다. 시제품은 말 그대로 실제로 사용하기 전에 제작하고 사용해보면서 예측하지 못한 문제점과 개선사항을 확인하기 위한 것입니다.

평생 자동차만 만들고 시제품으로 충분히 운용해본 대기업들도 새로운 차를 개발한 후에 생각하지도 못했던 문제가 발생하여 대규모 리콜사태가 벌어지는 상황을 종종 경험합니다. 다른 사업에서는 시제품일 것이 함정사업에서는 바로 군사력으로 사용해야 하니, 당연히 많은 불안 요소를 가지게 됩니다.

그래서 함정사업은 안 해보았던 것을 한 번에 시도하는 것보다 차근차근 단계를 밟는 것이 중요합니다. 중형차 수준을 만들고 싶다면 경차부터, 대형차 수준을 만들고 싶다면 중형차부터의 마음이 있어야 실수를 대비할 수 있겠습니다.

29. 전투함

　이어서 군함에 대해서 설명 드리겠습니다. 해군에는 해병대와 항공단 등 지상과 항공 전력도 있지만, 다른 군과 구분되는 가장 특징적이고 주된 무기체계는 역시 군함입니다. 군함은 함정이라고도 하며, 임무, 형태, 크기 등에 따라 종류가 다양합니다. 해군 규정에 따르면 군함은 전투함, 전투지원함, 그 외 전투근무지원함으로 분류할 수 있습니다.

　군필자 중에서 해군 출신이 많지 않고 해군에 관련된 참고 자료가 충분하지 않아, 여러 가지 함정의 종류들에 대해서 때로는 접근하기 어렵게 생각하시는 경우도 많을 것입니다. 그러나 사실 지상군과 개념이 크게 다르지 않습니다. 앞서 말씀드린 바와 같이 군함 자체를 무기와 사람을 보유한 부대라고 보시면 됩니다.

　그러니까 육군에서 중대, 대대, 연대 등으로 그 부대의 규모가 커지는 것에 따라서 상위부대가 되고, 지휘관의 계급도 높아지는 것과 같이, 해군도 군함이 커지고 탄 병력과 무기체계가 많아질수록 3급함, 2급함, 1급함으로 분류되고, 지휘관도 위관장교에서 대령까지 다양하게 편성된다고 생각하시면 됩니다.

참고로 육군에서 자주 언급하는 중대장이라는 위치는 해군으로 치면 4급함인 고속정 정장에 해당합니다. 서해교전과 연평해전으로 잘 알려진 그 배를 말하는 것입니다.[14]

그리고 전투함, 전투지원함 등은 임무에 따라서 구분한 개념입니다. 전투 임무를 수행하기 위해 미사일과 함포 등의 운용을 중점으로 하는 전투함, 군수 보급이나 구조 임무 등 전투를 지원하기 위한 전투지원함, 그 외 전투근무지원함이 있는 것입니다.

그러면 전투함에 대해서 말씀드리겠습니다.

구축함, 호위함, 상륙함, 고속함, 잠수함 등이 이에 속합니다. 우리나라 주변에서 미사일을 쏘았을 때 항상 추적에 성공했다고 뉴스에 나오는 이지스함인 세종대왕함급 DDG나, 청해부대 임무로 유명한 충무공 이순신함급 DDH 등은 들어보셨을 수도 있을 것입니다. 전투함의 대표 격인 이 DDG와 DDH를 예를 들어 말씀드리겠습니다.

우선, DD는 구축함을 뜻하고, 현존하는 전투함 전력 중에는 가장 상위의 전력으로 보시면 되겠습니다. 영어로 'Destroyer', 구축은 '驅逐'으로 매우 공격적인 이름입니다. 그러면 DD라는 단어 뒤에 따라붙는 G, H에 대해 의문이 생길 것입니다. G는 유도미사일

---

14 서해교전(西海交戰): 한반도 서해에서 일어나는 대한민국과 북한의 해상 교전이다. 2002년 6월에 발생한 해전을 '서해교전', 1999년 6월에 발생한 해전을 '연평해전'으로 구분한다.

(Guided missile), H는 헬기(Helicopter)입니다. 즉, 주 무기체계의 이름을 붙인 것입니다. 유도미사일은 잘 아실 것이라 믿고, DDH의 H에 대해서는 향후 소통 편에서 잠수함을 상대하는 전력을 설명 드리면서 말씀드리겠습니다.

아까 구축함을 전투함 중 가장 상위개념으로 설명 드렸습니다. 그러면 그게 어느 정도라는 것인지 개념이 어려우실 것입니다. 그리고 그 외의 함들은 어떤 것들이 있고, 그들이 어느 정도 수준의 전력인지를 쉽게 지상군에 빗대어 규모를 바탕으로 말씀드리겠습니다.

딱 맞아떨어지지는 않겠지만, 지휘관의 계급과 임무 등을 볼 때, 중대는 고속함(PKX), 대대는 호위함(FFX), 연대는 구축함(DDX) 정도로 보시면 되겠습니다. 즉 앞서 DDG와 DDH와 같이 전력명인 X 앞의 PK, FF를 그 함의 규모로 보시면 적당합니다. 그리고 중대와 대대 사이에 초계함(PCC)이라는 전투함도 있습니다. 이들의 지휘관 계급도 고속함은 대위, 호위함은 중령, 구축함은 대령이라 빗대어 비교하시는 것에도 큰 어려움은 없으리라 생각합니다.

결국, 해군의 부대는 무기체계를 기준으로 설정되었고, 지상군의 부대는 인력을 기준으로 설정된 점으로 이해하시면 좋을 것 같습니다.

30. 전투지원함

 항공기가 하늘에서 더 오래 작전을 수행할 수 있도록 하는 공중 급유기처럼, 군함도 항해하면서 연료와 물자 등을 공급받아 더 오래 작전을 수행할 수 있습니다. 이렇게 함 대 함으로 군수 임무를 수행하는 것이 군수지원함(AOE)입니다. 그 외 구조함, 훈련함도 있고, 잠수정을 태우고 다니는 잠수정 모함이라는 것도 있습니다.

 특히 군수지원함은 앞서 해상공수급이라는 FAS와 RAS를 실시합니다.[15] 군수지원함 등은 전투함과 비교해서 무기체계 장비가 덜 탑재되기 때문에 생활공간이 넓고, 통상 군수품을 넉넉하게 적재하므로 승조원의 생활환경은 상대적으로 훌륭합니다. 여담으로, 순항훈련이라는 약 6개월간 전 세계를 항해하는 훈련이 있는데 제가 참가하던 당시는 DDH 한 척과 AOE 한 척이 함께했습니다. 저는 처

---

15 군수를 보급받을 함과 군수지원함이 수평으로 나란하게 항해하면서 시작된다. 항해 중 서로를 와이어로 연결하고, 보급받을 함의 연료유 탱크에 호스를 연결 후 유류를 펌프로 쏘아서 공급하거나(Fuel At Sea), 줄을 연결해서 군수품을 조달한다(Replenishment At Sea). 함과 함의 거리가 몹시 가까워서 기동에 상당한 주의가 요구된다.

음 3개월은 DDH에, 나머지는 AOE에 탑승하였는데, 이때 느낀 쾌적함의 차이는 엄청났습니다.

31. 전투근무지원함

　전투함과 전투지원함을 제외하면 모두 전투근무지원정입니다. 경비정 같은 전투정도 있고, 물이나 기름을 싣는 보급정, 심지어 진해 해군사관학교에 가면 거북선도 있습니다.

　이들은 통상 크기도 크지 않고, 탑재되는 장비도 그리 복잡하거나 많지 않습니다. 따라서 딱히 함 자체에 대해서 특별히 설명 드릴 것은 없습니다.

　다만 때때로 매년 여름경, 진해 해군사관학교의 해사반도와 박물관 주변에서 군함 및 요트 그리기 대회나 요트대회 자체가 열립니다. 해군은 종종 각종 관함식 등을 개최하는데, 이러한 시기를 잘 활용하시면 전투근무지원함뿐만 아니라, 앞서 말씀드렸던 실제 현역으로 활동 중인 전투함과 전투지원함도 직접 보실 좋은 기회가 될 것이라는 점을 안내해 드립니다.

군필자들은 모두 알겠지만, 군인 계급은 다음과 같습니다.

우선 병으로 입대하면 이병.

이병이 진급하면 일병, 상병, 병장.

부사관[16]으로 입대하면 하사.

하사가 진급하면 중사[17], 상사, 원사.

또, 부사관이 별도의 시험을 통해 사관(장교)에 준하는 직책을 얻
기도 하는데, 이를 준위라고 부릅니다.

장교로 입대하면 소위.

소위가 진급하면 중위, 대위.

---

16 하사관이라는 말을 쓰기도 하는데, 법이 개정되어 부사관이 정확한 표현이다.

17 선임하사라는 표현을 사용하기도 하는데, 향토예비군 관련 규정에 따르면, 선임하사는 부사관
선임으로 소대장을 보좌하고, 소대장이 직무 불가 시 대리하는 역할을 하는 자를 뜻한다. 따라서
선임하사는 역할을 의미하는 것으로, 하사의 차상급자를 표현할 때는 중사가 올바른 표현이다.

대위가 진급하면 소령, 중령, 대령.

대령이 진급하면 준장(☆), 소장(☆☆), 중장(☆☆☆), 대장(☆☆☆☆)

계급의 순서는 이병에서 대장 순으로 높아집니다.

갓 임관한 소위가 "자네가 주임원사인가?"라고 물었다는 말에 군 필자들이 재밌어합니다.

군 문화에 익숙하지 않으신 분들을 위해 첨언 드리자면, 주임원사란 해당 부대의 부사관 전체의 권리와 복지 등을 책임지고, 부대장에게 직접 보고하는 만큼 경력을 인정받은, 평생을 군을 위해 희생하신 베테랑인 경우가 많습니다. 반면 소위는 이제 훈련을 마치고 나와, 계급이야 원사보다 높지만, 나이도 어리고 실무사정을 전혀 모르는 상태기 때문입니다. 그런데 이는 사실 육군의 문화에 가깝습니다.

상호존중이 원칙인 장교와 부사관과의 관계에서 해당 소위의 행동이 적절하지 않은 것은 분명합니다. 그러나 이것만으로 그의 전반적인 군 적응력까지도 무시할 수 있는 것은 아닙니다. 해군이 부사관이라는 계급을 존중하지 않는다는 이야기가 아니라, 경력이나 나이보다는 계급에 부여된 책임을 더 우선하는 분위기가 강합니다. 지상군은 그 해당 부대의 특성을 이해하고 적응하는 것이 중요하므로 조직과 업무 흐름의 이해가 형성된 인간관계 등의 이른바 '짬'이 상대적으로 더욱 중요할 것입니다. 반면에 해군은 직책별로 부여된 무기체계가 있고, 규정과 임무 중심입니다. 따라서 경력보다는 부여된 임무를 얼마나 역량껏 잘 해내는지와 조직을 위해 어떻게 얼마나 기여하는지 등이 더 중요한 추세입니다.

그래서 주임원사가 아니라 사관에 준하는 준위의 계급을 다신 분이라고 할지라도 올바른 개념을 가지신 분들은 초급 장교를 무시하거나 가볍게 여기지 않습니다. 이들은 어리고 미숙한 사람이 아니라, 상위의 임무를 수행해야 하는 계급을 가진 보직자입니다.

이런 모습을 보고 가끔 해군이 굉장히 보수적이라고 이해하는 경우도 있습니다. 그래서 어떤 분들은 "해군이 삼군 중에 가장 꼰대 같은 문화를 가지고 있다."라고 표현하기도 합니다.

만약, 어떤 해군이 육상부대에서 근무하거나 정부조직에서 정책 업무 등을 수행하는 데에도 계급만을 앞세운다면 그 사람에게는 좀 더 유연한 사고방식이 요구된다고 보입니다. 군인의 계급은 전투를 위한 조직의 원활한 임무 수행을 위해서 만들어진 것이지 계급이 높은 사람이 낮은 사람에게 본인의 생각을 강요하기 위해서 있는 것이 아니기 때문입니다.

그런데, 군함에서의 생활은 약간 다릅니다. 몹시 특수한 생활환경을 가진 전투부대입니다. 따라서 선상 질서를 유지하기 위해 만들어진 관습과 지상군과는 또 다른 것들이 요구되는 특성이 빚은 문화적인 특징이 보다 경직되어 보이고, 이것이 보수적으로 해석될 수 있습니다. 이는 이어지는 해군의 문화에 대한 설명을 보시면 더 잘 이해되리라 생각됩니다.

33. 해군의 문화

　본래 배란, 단순히 강이나 바다를 건너기 위해 잠깐 타는 일시적인 운송수단에 불과했습니다. 그러나 점차 먼 지역까지 이동하기 위해 조선술과 항해술이 발달했고, 배의 규모가 커졌으며, 대항해 시대 등을 거치면서 오랜 기간을 배 안에서 생활해야 하는 승조원들이 질서를 유지하고 안정적으로 근무하면서 살아갈 수 있는 문화, 즉 함상문화가 발달해 왔습니다. 대표적인 예가 '길 차렷', '15분·5분 전', '식사 및 복장 예절', '계급 구획' 등이 있습니다. 그리고 개인적으로 가장 좋아하는 '종교·정치에 대해 이야기하지 않기' 등입니다.

　일단 '길 차렷'은 배의 좁은 복도에서 마주쳤을 때 이동 간의 예절입니다. 두 사람이 지나가면서 어깨가 부딪히는 사태를 방지하기 위해, 계급이 낮은 사람이 상급자와 서로 교차하기 두세 발짝 전에 벽 쪽으로 돌아 등을 붙여서 상급자가 먼저 지나갈 수 있도록 배려하는 문화입니다. 이때 상호 경례를 주고받기도 하는데, 팔을 크게 휘두르기에 협소한 배의 통로 때문에 지상에서 경례하는 것에 비해서 팔과 팔꿈치를 몸쪽으로 많이 붙이는 경우가 많습니다. 그래서 배를 오래 탔던 해군들을 보면 경례 동작이 일반적인 군인들의 모습보다 작은 경우도 많습니다.

둘째는 '15분·5분 전' 태도입니다. 해군은 뭔가를 할 때 15분·5분 전을 기준으로 해서 준비한다는 이야기가 있는데, 이 역시도 선박 문화에서 비롯되었습니다.

습관의 유래를 말씀드리자면, 해군 생활의 기준은 철저하게 군함에 맞추어져 있습니다. 군함을 실제로 보시면 생각보다 크기도 크지만, 지상과 비교해 '높은' 경우가 많습니다. 그 때문에 육상에 있는 인원이 배를 타고 출항하기 위해서는 부두와 군함을 이어주는 간이용 다리가 필요한데, 이를 '현문'이라고 부릅니다. 그리고 인원이 다 타고나서 배가 항해하려면 이 현문을 치워야 합니다. 바로 이 현문을 철거하는 시간이 출항 15분 전입니다. 그러니까 임무를 위해 출항할 때, 최소 15분 전에는 승조원들이 모두 배에 타고 각 자리에서 항해할 준비를 하고 있어야 한다는 것입니다.

그리고 5분 전 태도는 사실 '300초'의 개념이 아니라 준비 완료 상태를 말합니다. 배의 엔진에 시동이 걸려있고 레이더가 돌아가고 있어서, 즉각 출발할 수 있는 상태입니다.

해군의 이러한 문화에 대해 회식을 빗대어 설명한 인터넷 방송을 보았는데, 재밌게 잘 설명된 것 같습니다. 예로 들자면 회식 시간이

7시라면, 6시 45분까지 참석대상들은 자리에 앉아있고 6시 55분에는 가장 상급자가 '식사 시작합시다.' 하면, 다 같이 숟가락을 들 준비된 상태가 되어야 한다는 것입니다.

물론 앞서도 말씀드렸지만 전투 임무를 수행하고 있는 상황이 아닌 회식 자리에서 저런 태도를 강요하는 것은 적절하지 않습니다. 통상 대부분이 선배인 자리라면 예의 차원에서 미리 와서 준비하는 정도는 하지만, 일이 있어 선배보다 늦었다고 해서 식사 15분 전을 준수하지 않았다고 이야기하시는 분은 아직 못 뵈었습니다.

다시 배 이야기로 돌아가자면, 사실 함정이 출항하기 전에 백 가지가 넘는 장비 작동 검사와 탑재된 군수품 검사를 하다 보면 한 시간도 부족합니다. 현문 얘기가 나왔으니 말이지, 해군은 사실 사람이 꽤 많이 필요합니다. 배에서 내내 생활하니 3교대로 당직을 서면서 장비를 운용하는 사람과 정비하는 사람이 필요한 것은 당연하고, 특히 수백 개의 장비는 매일 일정한 검사를 하게끔 되어있습니다.

특히 출입항 할 때 현문도 설치하고 배를 육지로 섬세하게 붙이기 위해서 연결하는 홋줄도 설치하고 철거해야 하는 등 위험한 수작업도 요구됩니다. 이때 실수라도 발생하면 조금 다치는 정도가 아닙니다. 간간이 홋줄 작업 중 신체 일부가 절단되거나 사망한 이야기 등을 방송으로 접할 수 있습니다. 그래서 안전작업 시 의사전달이 잘 되었는지 복명복창하는 등의 태도에 민감하기도 합니다.

또, 해군은 식사의 질과 예절에도 꽤 신경 쓰는 편입니다. 한때 군을 소개해주는 텔레비전 프로그램에서 함상 식사가 공개되었는데, 그 메뉴 수준을 보고 '해군 식사는 메뉴가 썩 괜찮구나!'라는 국민적 공감대를 얻기도 하였습니다. 어떤 이는 이 이유를 선박에 갇혀서 즐길 수 있는 거리가 먹는 복밖에 없어서 그렇다고 하는데 제가 경험한 바로는 그것이 전부는 아닙니다.

군함은 기본적으로 해외로 방문하는 또 하나의 대한민국입니다. 그래서 외국인 손님이든 외국에 계신 우리 국민이든 초대해서 잘 대접할 수 있는 준비를 해두는 것이 국가적 예의이기 때문인 이유도 있습니다. 세계를 돌다 보면 타지에서 한국과 고향을 그리워하시는 국민분들이 생각보다 많았습니다. 그런 분들에게 식사를 대접하는데 소홀할 수 없습니다. 또한 외국인들을 만난다고 할 때도, 이는 우리 국가의 얼굴을 보이는 것과 같아 가능한 한 훌륭하게 접대하고자 합니다. 다른 나라 해군도 똑같았습니다.

요즘은 안 한다고 하지만 제가 훈련받을 때만 해도 흔들리는 함에서도 단정하게 식사가 가능하도록 식기를 왼손으로 고정하고, 깔끔하게 먹는 예절교육도 받았습니다.

해군은 국제신사라고 불리는 만큼, 옷차림이 다양합니다. 계절별

정복, 근무복, 작업복, 전투복 등 실무복과 예식복이 분명히 나누어져 있고, 화려합니다. 그래서 터프함과 매너를 두루 갖추어야 해서 신경 쓸 것이 많습니다. 터져 나오는 기계를 정비하고, 종일 당직을 서고, 각종 소화방수훈련 및 전투 훈련으로 녹초가 됩니다. 그렇게 항해를 마치고 입항하면, 단정하게 금 단추를 여미고, 국민들께는 멋진 모습을 보여주는 것이 국민께 대한 예의고 낭만이라고 배워왔습니다. 다만 요즘에는 점차 실용성이 강조되면서 함상복이 간편화되고, 편해지고 있습니다.

다음은 계급별 구획이 나누어져 있는 구조입니다. 여기에서 특히 보수적이라는 이야기도 많이 듣는 것 같습니다. "장교와 부사관은 화장실도 따로 쓴다고?" 하고 놀라기도 합니다.

사람마다 다르겠지만, 저는 임관 후 빨리 나이를 먹었으면 좋겠다고 생각했습니다. 장교에게는 많은 것이 요구되고, 이를 정상적으로 소화하기 위해서는 대부분 나보다 나이도 많고 군 경력도 많은 부사관을 닦달해야 할 때도 많았는데, 이때 최소 어느 정도 나이라도 되어야 비슷한 눈높이를 가질 수 있을 것이라는 생각이 들었기 때문입니다. 규정이나 장비에 대한 공부는 어떻게라도 할 수 있었지만, 관록이라는 것은 그렇지 않았습니다.

장교 간의 관계도 마냥 밝지만은 않습니다. 가장 높은 직책인 함장은 그 바로 밑의 부장과 기관장을, 부장과 기관장은 다시 그 밑의 작전관과 주기실장을 칭찬하기도 하고 질책하기도 하면서 성공적인 임무완수를 위해 노력해야하는데, 이 모든 것들이 부사관과 병들에게 투명하게 공개되면 지휘할 때 아무래도 리더십에 영향을 주는 경우가 많기 때문입니다. 육군도 소대장이 매일 중대장에게 혼나는 상황임을 부하들이 뻔히 안다면 그 소대를 이끄는 것에 많은 장애가 생길 것입니다. 특히 함상은 좁고, 소리가 잘 들려서 금방 이야기가 퍼집니다.

　그리고 무엇보다도 장교는 인사업무를 합니다. 즉, 부사관과 병들의 근무능력을 평가하고, 이들에게 포상이나 처벌을 주는 위치에 있습니다. 하루 3교대의 당직과 다른 업무까지 수행하는 해군은 시간이 부족합니다. 따라서 이러한 민감한 이야기도 관계 장교끼리 마주치면 수시로 토론하고 고민합니다. 그런데 혹시라도 이러한 이야기가 누설되면 오해를 낳기도 하고, 심각할 때는 부하가 해당 장교와의 근무를 거부하는 사태까지도 발생합니다. 이는 제가 함께 근무했던 분이 실제로 겪었던 일입니다. 그렇다고 해서 다 같은 생활공간에 있는데 인사시기나 포상시기 등에 장교들끼리 뭔가 쑥덕거리면 더 이상할 것입니다. 이것이 함정의 구역이 계급별로 나누어진 가장 큰 이유로 보입니다.

　마지막은 함상 생활 중에는 종교·정치 이야기를 하지 않는다는 규칙입니다. 앞서 이야기 드린 바와 같이 배는 육상에 비해서 생활

공간이 좁고, 말이 퍼지기가 좋습니다. 그래서 한번 갈등이 발생하면 서로 간 얼굴 보기가 상당히 힘들어지고 일하기가 껄끄럽습니다. 또 섬세한 무기체계나 각종 위험한 장비를 다루는 등의 업무를 수행하기 위해서는 팀워크를 맞추어 유기적으로 처리를 해야 하는데, 마음이 틀어진 상태에서는 쉽지 않습니다.

한편, 종교·정치 이런 것들은 서로 토론을 통해 결과를 도출할만한 주제가 아닙니다. 재미로 시작하게 되더라도, 여타의 연유로 서로 간의 성향이나 사상을 침해해 마음을 상하게 할 수 있습니다. 비단 종교와 정치뿐만 아니라 옳고 그름을 판단할 수 없는 취향의 문제 등에 대해서 논하는 것 자체를 주의하라는 것입니다.

이런 식으로, 어느 조직이든 그들만의 문화가 있고 그 원인을 확인하다 보면 탄생한 배경이 있는 경우가 많습니다. 악습은 당연히 없어져야 하고, 기술의 발전과 국민 인식의 변화에 따라 조직의 문화 역시 이를 받아들여야 하는 것은 당연합니다. 그러나 무조건적으로 변화와 혁신만 주장하기보다는, 왜 그런 문화가 있는지에 대해서 성찰하고, 어떻게 발달시킬지를 고민하는 것이 더 생산적일 것입니다.

34. 해군장교가 되는 길

　해군의 길을 걷는 방법은 여러 가지가 있습니다. 우선 해군 자체에 근무하면서 해군장교로서, 부사관 및 군무원으로서, 병으로서 복무를 할 수 있습니다. 그뿐만 아니라 해군이 아니더라도 해군과 연관된 업무를 하는 공무원, 조선소 및 방위산업 분야의 직업들이 있습니다.

　누구도 더하고 덜할 것 없이 중요합니다. 해군의 필요성에 대해서는 앞서 말씀드린 것과 같고, 이러한 해군 자체의 운용은 장교, 부사관, 병으로 근무하시는 분들의 업무입니다. 그리고 조선소나 방위산업 분야의 직원과 공무원들이 없다면 군함도 없고 해군도 없습니다. 그러나 여기서는 시야를 좁혀 해군장교에 대해서 다루고자 합니다. 그 이유는 제 신분이 해군장교이기 때문에, 각종 회의나 강의에서 가장 많은 질문을 받은 것이 해군장교는 어떻게 되고, 출신성분별로의 차이는 무엇인지에 대한 것이었기 때문입니다.

　따라서 지금부터 사관학교, 학군단, 사후의 순서로 출신별 해군

장교를 소개할 것입니다. 이는 기관이나 출신 간 선후를 뜻하는 것이 아니라 군번을 부여하는 해군규정에 따라 설명 드리는 것이라는 점을 양해해주시기 바랍니다.

첫째, 해군사관학교를 졸업한 사람들입니다. 통상 졸업 이후는 간략하게 '해사〇〇(기)'라고 표현합니다. 저의 프로필에는 해군사관학교 62기라고 되어있는데, 자력표 등을 보면 '해사62'로 기재되어 있습니다.

대학에 들어가듯이 고등학교를 졸업하고 1학년 생도로 입학하는데, 그 때문에 고등학교 졸업식은 못 가고 2월부터 '가입교' 생활을 시작합니다. 이는 정식으로 입교해서 4년의 시작인 1학년 '생도'가 되기 전에 약 한 달간 기초 군사훈련을 받는 시기입니다.

이러한 가입교부터 1학년 절반 시점까지 'Bottom'이라는 직책을 받는데, 배의 가장 밑바닥을 의미합니다. 그 시기를 거치고 나면 생도, 즉 'Midshipman'이 됩니다.

육군이나 공군생도를 'Cadet'이라 하는 것과 차이가 있습니다. 이 어원 역시 대항해시대로 거슬러 갑니다. 그때 해사생도인 'Midshipman'은 일종의 선박의 견습 장교로서, 장교와 병들 사이에 근무했기 때문입니다.

4년의 교육을 마치면 군사학과 전공 분야의 학위를 받고 졸업하는데 그사이 거치는 각종 훈련과 항해실습은 평생의 추억이 됩니

다.[18]

둘째, 학군사관(ROTC: Reserve Officers' Training Corps) 코스가 있는 대학교를 진학하여, 군사교육을 받고 해군장교가 되는 경우입니다. 통상 임관 이후에는 '학군○○(기)'로 표현합니다.

대학생활과 병행하면서 2년간 군사수업을 받는 것이기 때문에, 4년 대학 기간 중 2학년이나 3학년부터 학군사관 생활을 시작해야 합니다. 다만 해양대학교의 항해 및 기관과의 학생들 같은 경우에는 3학년에 배를 타고 항해실습을 해야 하므로 2학년부터 학군사관 생활을 시작해야 수업과정을 모두 수료할 수 있습니다.

결국 사관학교 장교는 2년 더 군사훈련을 받기 때문에 군사적 특기에 조금 더 특화되어 있다면, ROTC 장교는 해양대학교에서 쌓은 지식으로 항해와 선박의 기술적인 측면에서 뛰어나다는 평가가 많습니다.

셋째, 사관후보생(OCS: Officer Candidate School)입니다. 학사장교라고도 하며, 통상 임관 이후 '사후○○(기)'라고 표현합니다.

대학을 졸업 후 약 11~16주의 군사교육을 받고 장교가 되는 길입니다. 따라서 전문분야에 대한 학위를 가지고 있고, 통상 다른 출

---

18 1학년에는 해병대 실습, 2학년에 행군, 3학년에 연안(국내기항지)항해, 4학년에 순항(세계)항해 훈련을 하게 된다.

신 장교에 비해 계급 대비 나이가 많을 가능성이 많습니다.

별도의 대학전공을 마치고 추가적인 군사교육을 통해서 장교가 된 인물들이기 때문에, 다른 출신의 장교에 비해서 사회적 지식이나 인맥 등이 잘 갖추어진 경우가 많습니다. 또한 장기자원으로 전문지식을 활용하여 해군에 기여하는 인원도 많지만, 해사나 학군에 비해 단기자원이 많은 편으로, 이들은 제대 후 각 분야에서 해군을 지지하는 든든한 아군이 되기도 합니다.

35. 해군의 부대

우리나라 우측 남쪽 부근에, 해상무역과 공업으로 유명한 창원시가 있습니다. 본래 창원시 인근에는 진해와 마산이라는 시가 따로 있었는데, 창원시로 통합되었습니다. 지금 하려는 이야기의 시작은 진해입니다.

진해의 특징을 몇 가지 골라보자면, 근대화 거리, 벚꽃축제, 많은 로터리와 충무공 이순신상, 그리고 여기저기 녹아들어 있는 해군의 문화 등을 꼽을 수 있을 것입니다. 맛있는 식당도 많고 구경거리도 많아 관광으로도 무척 훌륭한 곳입니다.

우리나라의 많은 군필자분들의 경우에는 육군훈련소에서 군인으로서의 삶을 처음 시작합니다. 그 때문에 그분들에게 논산은 이래저래 애증의 지역입니다. 1:1로 비교가 되지는 않지만, 해군에게 진해는 그러한 논산과 같은 곳으로 생각하시면 되겠습니다.

진해에는 앞서 말씀드린 해군장교들을 양성하는 해군사관학교와 부사관 및 병들을 배출하는 기초군사교육단이 있습니다. 그 외에도 진해기지사령부가 있고, 해군군수사령부 등 해군의 핵심 사령부들

이 있습니다. 한 시간 반쯤 이동해서 부산에 가면 부산해군기지가
또 있습니다.

지금부터 해군 1,2,3함대와 기동전단의 순서로 설명 드리겠습니다.

처음은 강원도 동해입니다. 이곳은 동해의 시작에서 독도를 포함
한 동쪽의 바다를 수호하는 대한민국 해군 제1함대사령부가 있습
니다. 혹시 방문해본 사람은 알겠지만, 동해는 우리나라 바다 중에
서 유독 트여있고 깊습니다. 해군 전략적으로 해석하자면 통상 대
양으로 나갈 때 거치는 좁은 바다가 없습니다. 파도와 너울이 있어
작은배는 많이 흔들리고, 깊은 바다 밑으로는 잠수함들이 돌아다
니기 좋습니다.

다음은 경기도 평택입니다. 이곳은 우리나라 서해를 책임지는 2
함대사령부가 있습니다. 2함대사령부는 해군의 사령부 중에서도 약
간 특별한데, 우리나라의 지형적인 특징상 서해는 북한과 중국이
둘러싸고 있는 양상이라 실질적인 마찰이 굉장히 많습니다. 서해교
전, 연평해전, 대청해전, 연평도 포격 및 천안함 피격 모두 2함대에
서 발생했습니다. 특히 꽃게 철이 되면 수백 척의 중국어선이 우리
나라 바다를 침범하여 씨알까지 싹 쓸어갑니다. 이를 막기 위해 우
리나라 군함은 '몰아내기'라고 해서 그 어선 무리를 가르고 몰아서
해양경찰에 넘기곤 합니다. 위장 작전으로 어선들 사이에 간첩선이
나 무장 선박이 포함되어 있을 수도 있어서 수색해야 하고, 민간의

체포는 군의 역할이 아니므로 해경에게 인계하는 것입니다. 이런 작전을 하고 나면 바다를 이해하게 되는데, 상황실 화면이나 게임과는 다르게, 바로 옆에 목선이 다가와도 새벽에 파도와 섞이면 잘 보이지 않습니다.

다음은 전라남도 목포입니다. 이곳은 대한민국의 남해를 책임지는 3함대사령부가 있습니다. 전라도 자체가 워낙 미식으로 유명하지만, 목포는 특히 해산물 요리가 화려합니다. 작전적으로도 광활한 구역을 책임지는 곳으로 의미가 있지만, 관광으로도 훌륭한 곳입니다. 또, 부산에 한국해양대학교와 부경대학교의 학생군사교육단이 있는 것과 같이, 목포에는 목포해양대학교의 학생군사교육단이 있어 장교를 양성합니다.

마지막으로 충남 계룡시에는 3군 본부가 있는데, 여기에 역시 해군본부가 있습니다. 모든 군의 본부가 그렇듯 이곳은 작전부서라기보다는 인사, 기획, 전력 등을 위주로 하는 해군의 행정부입니다.

다음은 제주도입니다. 비록 사령부는 아니지만, 7기동전단이 위치해 있습니다. 기동전단은 앞서 잠시 언급한 DDX들이 주력이 되고, AOE가 지원하며 파병임무도 수행하고, 각종 상황발생 시 신속대응하는 임무를 수행합니다.

여기서 해군부대를 설명 드린 것은, 혹시 해군의 길을 걷게 되시는 분들이 보직을 받았거나 주변인이 해군인 경우 등에 대강 어떤

식으로 부대가 배치되어 있는지를 알면 상상하시기 더 좋을 것 같아 안내해 드리기 위함입니다. 물론 상기 내용은 인터넷에 검색하시면 훨씬 상세한 정보가 있습니다.

소통 편

정부와 군을 응원하고, 추진하는 정책을 국민들이 이해하기 쉽게 전달하기 위해 군인 신분이지만 민간에 원고를 종종 기고하곤 합니다. 이때 의도하지 않게 기사화가 되는 경우가 있습니다.

이런 과정에서 때로는 많은 국민들께서 관심을 주시는 경우가 있습니다. 국민들을 대상으로 해군을 홍보하고, 해군에서 추진하는 정책의 정당성에 대한 제 논리를 보고하는 입장에서 참 뿌듯합니다.

다만, 남겨주신 수백 개의 질문과 의견에 대해서는 공직자라는 신분상 가볍게 답변할 수도 없고, 또한 제 개인적인 의견이 마치 해군의 의견인 것처럼 오해하실까 봐 드릴 말씀이 있어도 쉽게 답을 드릴 수가 없었습니다.

그러던 중 마침 집필의 기회가 닿아, 문의하신 내용 중에서 대표적인 것들을 모아 유사한 주제별로 분류하고, 꼭 답을 드려야 한다고 생각되는 것은 되도록 주신 말씀 그대로의 표현을 유지해서 질문으로 정리하였습니다. 이를 이 소통 편에서 다루고자 합니다.

36. (물음 1) 주적이 누구인가

주신 말씀

주적은 북한이라는 점을 명심해야 한다.

항공모함이나 다양한 큰 군함은 주적을 상대하는 데 필요 없다. 갈등상황이 일어날지도 모르는 주변국을 견제하기 위한 해군전력은 낭비일 뿐이다.

다만, 북한의 비대칭 전력인 잠수함 부대를 막기 위해 우리 해군은 잠수함 전력건설에 집중해야 한다.

우리나라에는 크게 세 개의 군이 있지만, 저는 육군을 상당히 존경합니다. 그 이유는 과거 북한군조차 이길 수 없던 열악한 규모에서 갖은 이견을 설득하고 장애물을 극복하여 현재는 어지간한 주변국이 쉽게 볼 수 없는 대한민국을 대표하는 대군으로서 우뚝 서 있기 때문입니다.

한국 육군의 길은 순탄하지 않았습니다. 한국전쟁이 발생하기 전에, 대한민국은 도로가 잘 정비되어있지 않고 산이 많아서 탱크와 같은 무기체계가 필요하지 않다는 것이 전문가들의 의견이었습니다. 그러나 1950년에 북한의 기습 남침을 겪으면서 전차의 필요성은 크게 대두되었고, 이를 교훈 삼아 성장해온 우리나라의 자주포와 장갑차의 기술력은 세계적으로 인정받고 있습니다. 또한 북한을 상대하기에 장거리 미사일은 불필요하다고들 입을 모아 말했으나, 결국 주요 시설물을 정밀하고 강력하게 타격하는 기술을 개발하여 북한을 넘어 주변국을 긴장하도록 만들기에 충분한 전력을 갖추었습니다.

주제의 본론으로 돌아가서 주적에 대해서 이야기하겠습니다. 주적은 말 그대로 주된 안보위협이 되는 국가, 지금까지 쭉 북한을 의미했습니다. 그러나 이 주적이라는 말을 불변의 진리처럼 사용하는 사람들이 많아 노파심에 그 근원부터 정리할 필요가 있겠습니다.

주적이라는 용어가 공식적으로 사용된 것은 1995년 문민정부(김영삼 대통령 집권 시)에서 대한민국 국군의 공식적인 정책보고서인 국방백서에 해당 단어를 명시하면서부터입니다.[19] 당시의 국가 상황을 고려한 정책적 의사결정의 한 부분일 뿐입니다. 그러니까 주적이라는 단어는 성경과 같이 진리와 진실이 담긴 신성적 영역이 아니라, 시대적 정치적 상황과 연계해서 해석해야 하는 개념이라는 것입

---

19 1994년, 북한은 남북 실무회담에서 "전쟁이 일어나면 서울은 불바다가 되고 말 것이다."라고 언급, 이에 1995년 우리 국방백서에 북한을 '주적'으로 명시함.

니다.

결국, 주적이란 언제든지 변할 수 있는 개념에 불과합니다. 게다가 우리와 비슷하거나 더 큰 군사력을 갖추고 있는 국가들은 주적이라는 개념 자체가 없습니다. 상황에 따른 안보위협에 맞추어 군사력을 개발하는 것입니다. 만약 미국에서 이야기하는 '최대위협 세력'이 우리의 주적과 같은 개념이라고 말하는 이가 있다면, 저는 이 것이 북한, ISIS, 알카에다 등 당시의 상황과 정책에 따라서 매년 변화했다는 점을 근거로 반박하지 않을 수가 없습니다.

따라서 주적이라는 용어는 주요 위협대상에 대한 경각심을 잃지 않겠다는 의미에 한정해 작용해야 합니다. 주적 외의 위협으로부터 눈을 돌리고, 준비를 회피하기 위해 좁은 시야와 편견을 강요하는 단어가 되어버린다면, 그것은 분명히 부작용입니다. 나중에 주적으로 가정한 국가가 아닌 상대로부터 공격을 받았을 때, '우리는 주적에만 집중해서 이들을 상대할 역량이 없다.'라고 국민께 말해봐야 변명거리조차도 되지 않을 것입니다.

따라서 주적이라는 개념을 탈피해서, 우리 국군은 무엇을 위해서 시간과 노력을 쏟아가며 새로운 무기체계를 개발하는 것일지 알아볼 필요가 있습니다. 이는 물론 '적'을 대비하기 위함입니다. 그렇다면 적이란 어떻게 정의해야 할지 생각해볼 필요가 있습니다.

적을 상정할 때는 크게 두 가지 요소를 보는 것이 합리적입니다.

첫째는 '내게 위협을 가할 수 있는 능력'이며, 둘째는 '나를 위험하게 만들고자 하는 의지'입니다.[20]

능력이야 세계 10위권 내의 군사력을 갖춘 국가들 대부분이 해당한다고 보면 될 것입니다. 참고로 우리나라는 2021년 기준 세계 6위로 평가받고 있으며, 북한은 28위 수준이라고 합니다. 물론 이 지표는 미국의 GFP(Global Fire Power) 기준으로 국가공식 연구로 볼 수는 없으나 각각의 수치들을 보면 근거 없는 주장은 아니라 참고할 수준은 됩니다. 앞서 주적이라고 주장하던 북한의 경우는 상당히 낮은 수준입니다. 반면에 2위인 러시아, 3위인 중국, 5위인 일본 등은 우리나라와 인접해 있으면서도 그렇게 친밀한 관계는 아닙니다.

의지를 보겠습니다. 일단 국제사회의 눈치를 가장 덜 보고 노골적인 위협을 드러내는 국가는 역시 북한이 1위일 것입니다. 그다음은 도련선 안에 당당하게 우리의 바다와 우리나라를 포함한 중국, 수시로 독도의 영유권을 주장하고 혐한을 국내정치에 이용하는 일본을 생각해 볼 수 있습니다. 종합적으로 본다면, 생각보다 중국과 일본에 대한 대비가 상당히 급하다는 점을 알 수 있습니다. 우리나라는 70년 넘게 북한만 바라보고 국방력을 대비해왔고, 현재 압도적으로 우세한 국방력을 가지고 있습니다. 그 때문에 전방위적인 다양한 해군 무기체계를 갖출 필요가 있습니다.

---

20 현재의 군사학에서 적의 위협을 산정할 때 사용하는 방법으로, 능력과 의지를 기준으로 한다.

이러한 주장에 대하여, 북한은 핵을 보유한 국가로 앞서의 능력에는 이를 산정하지 않았다고 주장할 수 있습니다. 하지만, 핵무기를 포함하여 위협을 가정한다고 하더라도 오롯이 북한만 바라보고 대비하는 것은 효율적이지 못합니다. 투자의 원칙과 같이, 우리나라의 한정된 자원을 바탕으로 국방력 마련이라는 소비를 할 때에는 선택과 집중이 필요하다는 것입니다.

한 국가에서 경제, 정치, 문화적 상황을 고려해서 제한적으로 수립한 전략과 작전에서 발생한 작은 안보 공백에 대한 기습을 절대적으로 방어한다는 것은 현실적이지 못합니다. 이는 미국도 불가능한 행위로 911테러만 보더라도 이를 알 수 있습니다. 털끝만큼의 가능성도 허용하지 않기 위해 아직 다른 준비가 더 필요하다고 말하는 것은 논리적이지 않습니다. 중요한 건 선제공격의 피해를 최소화하고, 짧은 시간에 역습하여 전장을 뒤집을 역량을 준비하는 것입니다. 따라서 북한의 핵 공격에 대비한다면, 더욱더 영토 안에 전략자산을 집중시키는 것보다 군함을 이용해 전략무기체계를 한반도 밖에 배치하는 것이 더 적절할 것이며, 이에 대한 제 의견은 앞서 충분히 언급했다고 생각됩니다. 해안포나 미사일의 위협 대비 역시 핵과 같이 우리 전략자산의 분산투자가 효과적이라는 것 역시 같은 논리 선상입니다.

추가로 북한의 잠수함에 대한 우려에 대해 말씀드리겠습니다. 북은 거대한 군함의 접근을 막기 위해 잠수함 세력의 확대에 적극적으로 투자했습니다. 심지어 현재는 잠수함에 미사일을 실어 날리는 기술(SLBM[21])을 개발하고 과시하고 있습니다. 세계대전에서 독일이 증명했고 현재의 각종 해상훈련에서 보여주듯이, 큰 수상함을 잡는 데에는 잠수함만 한 것이 없습니다. 그러면 우리는 반대로 북한의 잠수함을 잡는 것에 집중해야 할 것입니다. 여기서, 잠수함을 대비하기 위해 '잠수함 전력만'을 키우자는 의견에 대해 다음 질문이 나옵니다.

"잠수함을 잡을 때 잠수함만으로 상대하는 것이 과연 적절한 카드인가?"

잠수함은 기본적으로 은폐상태에서의 한방이 결정적인, 그야말로 바다의 저격수이자 암살자와 같은 무기체계입니다. 반면에 노출되면 그 속력과 무기체계의 탑재량에서 도무지 수상함이나 항공기에 비할 바가 못 됩니다. 특히 항공기에 대해서는 몹시 취약한데, 앞으로 설명 드릴 잠수함 운용과 탐지에 대한 이해가 있으면 얼마나 치명적인지 알 수 있을 겁니다.

수중에서 항해하는 것을 잠항이라고 합니다. 그러면 일단, 잠항하고 있는 잠수함을 잡는다는 과정을 고려해 보겠습니다.

수중에 있는 물체를 탐색하는 데에는 '소나'라는 음파탐지체계를

---

21 Submarine-Launched Ballistic Missile, 즉 잠수함이 수중에서 발사하는 미사일

사용합니다. 왜냐하면 전파를 사용하는 레이더는 물속에서의 탐지가 제한되기 때문입니다. 반면에 음파는 거리와 정확도가 전파에 비할 수준은 아니지만, 그럭저럭 사용할 만합니다. 이때 탐지율을 올리기 위해서는 음파의 신호를 크게 해야 합니다. 즉, 큰 음파를 발생시켜서 이 음파가 물이라는 매질을 타고 가다 수중의 잠수함에 맞고 돌아오면 그 음파를 다시 듣고 잠수함의 존재를 파악하는 것입니다. 이러한 소나운용 방식을 '능동소나'라고 합니다. 이때 1:1의 상황이라면 능동소나를 사용하는 것은 몹시 부담스럽습니다.

왜냐하면 잠수함이 조용히 잠항 중일 때, 어디에선가 능동소나 신호인 음파가 들어오면, 잠수함을 탐지하려고 했던 능동소나 운용이 오히려 잠수함에게 자신의 위치를 알려주는 격이 되기 때문입니다. 이렇게 해당 잠수함처럼 조용히 음파를 듣는 운용방식을 '수동소나 방식'이라고 합니다. 조용히 소리가 나는 쪽으로 다가가서, 상대가 아직 탐지하지 못했거나 들어오는 신호가 잠수함이 맞는지 확인하는 과정 중일 때 공격하면 됩니다. 즉, 어지간한 확신이 있지 않고서는 능동소나를 운용하는 것은 모험에 가깝습니다. 그 때문에 잠수함들은 안전이 확보되지 않은 바다에서는 수동소나를 주로 운용할 수밖에 없어서, 잠수함끼리 물속에서 서로 잘 포착하지 못할 가능성이 큽니다. 잠수함이 잠수함을 잡는 것은 서로 눈을 감고 더듬으면서 가는 것과 같습니다. 다만, 일반 수상함보다는 확실히 안전합니다.

반면에 앞서 말씀드렸던 구축함(DDH)에서 헬리콥터를(H) 이용하거나 항공기를 사용하여 원거리 소나체계를 떨어뜨려 잠수함이 파악되면 예상 위치로 어뢰를 발사하는 것도 괜찮은 방법입니다. 저렇게 항공기에서 떨어뜨리는 소나체계를 '소노부이(소나+부이)'라고 하는데, 부이처럼 둥둥 부유하면서 물 밑으로는 음파를 발사해서 잠수함을 탐지하고, 포착된 신호를 수면에 노출된 부이의 전파 통신체계를 이용해서 항공기와 수상함에 전달해주는 체계입니다.

다음은 한 번씩 수상으로 올라오는 잠수함을 잡는 경우입니다. 일단 북한의 잠수함은 재래식 잠수함입니다. 이는 핵잠수함이 아니라는 뜻으로, 수상에서 공기를 빨아들여 디젤발전기를 이용, 배터리를 충전시켜서 수중에서 전기모터를 돌려 이동하는 개념입니다. 즉, 지속적인 운용을 위해서는 주기적으로 수상으로 올라와야 한다는 것입니다. 또한, 핵잠수함이라고 하더라도 물속에서만 살 수 있다는 것은 아닙니다. 앞서 군함은 부대라고 했는데, 잠수함 역시 그렇습니다. 즉, 안에서 사람이 살아야 하므로 무엇보다 공기가 중요합니다. 이를 위해서 출항 전에 산소탱크에 산소를 채워가고, 호흡으로 생기는 이산화탄소를 제거하기 위해 수산화리튬을 가지고 갑니다. 물론 이러한 방법으로 화학적으로 살 수는 있으나, 기본적으로 특수한 상황이 아니면 종종 환기를 할 것입니다.

이렇게 공기가 필요할 때, 잠수함이 이용하는 방법은 스노클항해와 수상항해로 나눌 수 있습니다. 스노클항해는, 잠수함의 본체는 수중에 있고 공기를 빨아들이기 위한 빨대인 스노클만 수상에 꺼내어 놓고 항해하는 것입니다. 스노클 수영할 때 입에 끼는 것과 같습니다. 반면에 수상항해는 아예 물 위로 올라와서 수상함처럼 항해하는 것입니다. 아마 어딘가 고장 난 특별한 이유가 있다거나 작전을 마무리 지은 상황이 아니라면 수상항해를 하는 경우는 잘 없을 것입니다. 즉, 스노클 항해를 하게 되는데, 이때 육지와 달리 바다에서는 스노클이 바다를 가르면서 지나간 파문이 남습니다. 이는 하늘에서 내려다보면 잘 보이는 데다가 항적이 상당히 오래 남게 됩니다. 그래서 항공기의 정찰에 잠수함이 민감한 것입니다.

즉, 북한의 잠수함을 상대하기 위해서 우리도 순수잠수함 부대만 만들어야겠다는 발상보다는, 잠수함과 함께 잠수함을 잡는 해상항공기 세력과 구축함 세력을 발전시키는 것이 더 적절합니다. 잠수함이 수상함과의 1:1 전투에서 유리한 것은 사실이지만, 다양한 무기체계를 효과적으로 운용한다면 단순히 잠수함 대 잠수함의 양상을 이끄는 것보다 더욱 효과적으로 북한의 잠수함 부대를 상대할 수 있을 것입니다.

37. (물음 2) 원균의 후손

주신 말씀

　해군은 한국전쟁에 기여하지 못한 '큐트 네이비 콤플렉스' 때문에 불필요하게 화려한 해상사열에 집착하고, 대양해군을 지향한다.

　이들은 서해교전, 천안함 사건을 겪으면서 깨달은 것이 없는 원균의 후손들이다.

　말씀하신 '큐트 네이비 콤플렉스'는 어원의 근거를 찾지 못했습니다. 따라서 진위여부 파악이나, 논리적인 답변을 드리지 못하는 점을 양해 바랍니다. 추정하기로는 연안해군의 역할에 그치거나, 그조차 소화 못했던 약소했던 시절을 의미하는 듯합니다.

　그러나 한국전쟁 당시 우리 국군은 육해공 가릴 것 없이 약했습니다. 그나마 가장 강했던 육군 중 한 부대에 '겁쟁이 블루스타[22]'라는 별명이 붙었던 것만 보아도 이는 확실합니다. 하지만 알고 계

22　한국전쟁 당시 제6보병사단(청성부대)은 화천군 인근 전투에서 사단 전체가 전투 없이 도주하였다. 이에 당시 미군은 '파란색 별'이 부대마크인 6사단을 '겁쟁이 블루스타'라고 부르며 비웃었다.

신 바와 같이, 한국전쟁에서 우리 군은 이후 끈질기게 싸워 상당한 방어선을 구축하였습니다. 그리고 현재는 말씀드린 것처럼 한국 육군은 세계 6위급으로 평가고 있습니다.

한편, 해군은 한국전쟁 이후에도 서해교전, 대청해전, 연평도 포격, 천안함 피격 등 계속 주고받는 실전을 경험하고 있습니다. 그러한 경험을 바탕으로 미래에 필요한 전력을 준비하고 있는 것입니다. 천안함 피격 시 기습적인 잠수함 피격을 막지 못한 것은 유감이나, 그런 방식의 공격은 미 해군이라도 못 막을 것이라고 감히 이야기합니다.

그런데도 "대양해군의 꿈을 접고, 앞마당이나 잘 지켜라."라는 말씀을 하시는 분도 있습니다.

저는 여기에 대해서 작전의 한 부분에 구멍이 생겼다고 먼 미래를 보고 건설해야 하는 무기체계 개발정책 자체를 바꾸는 것은 합리적이지 못하다고 말씀드립니다. 예를 들어 육군에게도, 우리 국군의 경계에 대해 큰 의구심을 품게 한 '노크귀순' 사건이 있었습니다. 만약 그 이후 육군에게 "해당 경계 작전에만 집중하고 쓸데없는 미사일 개발 등 무기체계 개발은 멈춰라."라고 했다면, 오늘날 자랑스러운 현무 미사일이나 현대화된 기계화 부대는 없었을 것이며, 오히려 참호전과 같이 과거로 회귀했을지도 모릅니다.

이러한 주장을 논리학적으로는 '원칙 혼동의 오류'라고 합니다.

즉, 해군은 영해를 지키는 역할이 있고, 우리의 해상교통로를 보호하는 역할이 있으며, 크게는 전쟁 억제와 해양주권과 권익을 보호하는 것 등 다양한 임무가 있습니다. 그런데도 영해 내 침범을 예방하지 못하였으니 다른 모든 임무를 중단하고 경계 구역에만 집중하라는 것은 각각에 적용되어야 할 원칙이 다른데도 이를 혼동하고 있는 것입니다. 현재와 함께 미래전에 준비하고, 예측되는 다양한 위협에 맞추어 준비해야 한다는 꾸준한 군사 전문가들의 노력이 있었기에 지금의 든든한 국방력을 갖출 수 있었다고 생각합니다.

결국, 천안함과 같은 북한의 기습적인 도발만 100% 막을 수 있는 방법에 집중하고 다른 것은 보류하라는 말은 옳지 않습니다.

마지막으로, 해군이 천안함이나 서해교전과 같이 전우의 희생을 가볍게 생각하는 것처럼 언급한 것은 대단히 무례한 행위입니다.

해당 글을 쓰신 분이 군과 관련된 업에 종사하신 적이 없거나 실전 경험이 없어서 전우라는 무게를 몰랐기 때문이라고 생각하겠습니다.

함께 근무하던 동료가 함께하던 작전 중 함께하던 공간에서 세상을 떠나는 것은 쉽게 잊거나, 가볍게 이야기할 수 있는 성격의 것이 아닙니다.

시간이 흘러도, 그들은 아물지 않습니다.

38. (물음 3) 검증 없는 글

주신 말씀

아포칼립토라는 단어는 아무리 검색해 보아도 없다. 영어로는 아포칼립스가 맞는 말이고, 묵시록을 뜻하는 말이다. 아무리 형식이 없는 기고문이라도 이렇게 검증 없이 글을 써도 되는지 모르겠다.

저의 짧은 글 중 하나인, '바다에 감금당한 국가의 아포칼립토, 항공모함 전단'에 대한 말씀으로 확인하였습니다.

그리스어입니다. 참고로, 기사에 소개된 일부가 아니라 제 글 전체를 보신다면 그리스어의 해석이 함께 기술되어 있어서 이해가 더 좋을 것으로 판단됩니다.

39. (물음 4) 강국과의 전투

주신 말씀

우리나라는 중국을 상대할 수 없다. 우리나라 해군이 중국의 해군과 만나봐야 도망만 다닐 것이다. 그리고 중국이 우리나라와 붙을 이유가 없다. 그들의 상대는 미국이다.

1950년 6월 25일, 북한군의 불법 남침으로 한국전쟁이 시작되었습니다. 그리고 이 전쟁은 3년의 세월이 지난 1953년 7월 27일이 되어서야 휴전이라는 상태로 멈추게 됩니다. 한반도라는 작은 전장에서 현대 무기로 펼쳐진 전쟁치고는 상당한 기간이 소요되었습니다.

사실, 북한군만이 상대였다면 1950년 9월 15일 연합군의 인천 상륙 작전을 시발점으로 진행한 북진으로 일찌감치 정리되었어야 상식적이었습니다. 그러나 1950년 10월 이후 중공군이 직접적으로 참전하여 UN군은 후퇴와 교착을 계속하다 결국 현재의 휴전선을 형성하게 되었습니다.

한반도에 가장 큰 상처를 주었던 한국전쟁, 지금의 중국이 펼치는 도련선 정책, 동맹국인 미국 등과의 갈등 및 향후 통일 시대를 생각할 때, 상대가 되지 않는다는 핑계로 아무런 대책을 마련하지 않는 것은 적절하지 않습니다. 2022년 러시아가 우크라이나를 침략하였을 때도, 모두가 상대가 되지 않을 것이라고 단언했지만 의외로 러시아는 고전하고 우크라이나는 굳건하게 버텼습니다.

또한, 대부분 전쟁의 명분은 먼 곳의 강국을 상대하기 위해 가까운 상대적 소국을 거치면서 시작됩니다.

도요토미 히데요시(とよとみ ひでよし, 1537~1598년)가 임진왜란을 일으키기 전에 조선에 이러한 주문을 합니다.

"명을 치기 위해 길을 빌려 달라."

또한, 서해의 해군이 펼치고 있는 현행 작전을 보면 알겠지만, 이미 우리 해군과 중국 해군과의 치열한 기 싸움은 벌어지고 있습니다.

"중국 군함을 보면 우리 해군이 꼬리를 뺄 것이다."라고 판단하는 것은 실제 한반도 주변 바다에서 펼쳐지는 실전 상황을 전혀 모른다는 뜻입니다.

평화롭게 보이는 현재에도 해상에서 교전이 발생하고 희생이 발생하는 것은, 해군이 임무 앞에서 절대 후퇴하지 않기 때문입니다. 그리고 사실, 그것이 한반도 밖에서 대한민국의 평화를 유지하는 방법입니다. 안보는 군인이 책임지는 것입니다. 국민에게 불필요한 불안감을 주지 않기 위해 노력해야 합니다.

그리고, 아무리 강대국이라도 국민의 이익과 주권을 침해하면 당연히 맞서야 하는 것이 국가고 군입니다.

반대로 말씀드리자면, 국민들은 약한 나라에만 강하고, 강대국 앞에서는 겁먹은 꼬리를 말아버리는 군을 원하는 것은 절대 아닐 것입니다. 군은 국민을 지키는 것이 업입니다.

"대국에게 소국이 상대가 되겠습니까." 하는 모습은 아무리 생각해도 맞지 않습니다. 비록 전체 전력에서 상대가 되지 않는다고 하더라도 "이런 점은 우리가 우위를 차지할 수 있습니다.", 또는 "지금은 우리 역량이 부족하므로 이러한 준비가 필요합니다." 등을 고민하고 권고드릴 수 있는 것이 옳다고 생각합니다.

40. (물음 5) 주인 없는 군

주신 말씀

대양해군과 기동함대를 어렵게 만들어도, 오롯이 우리의 의지대로 운용할 수 있도록 노력해야 한다. 강력한 동맹국인 미국 등의 이익만을 위해서 사용된다면 국민께 실망만 줄 것이다.

앞서 잠시 에티오피아의 내전에 대해서 말씀드렸습니다. 이 나라는 우리나라와 특별한 관계가 있는데, 한국전쟁 때 칵뉴(Kagnew)부대라는 전투부대의 파병을 지원해준 국가라는 것입니다. 우리나라와 인접해 있지도 않고, 한국의 존망이 국익과 직접적인 연관이 있을 것 같지도 않은 에티오피아가 국내여론의 반대를 감내하면서 말입니다.

혹자는 이에 대해서 에티오피아 자신도 이탈리아의 식민지였다가 독립한 경험이 있어서, 동질감을 느꼈기 때문이라고 해석합니다. 낭만적이고 감사한 일입니다. 하지만, 사실 국제관계는 감정적인 요소

이상의 합리성이 필요합니다.

국제관계학 및 정치 외교적 시선으로 바라보면, 당시 독립하면서 UN과 미국 등 국제사회의 지지가 많이 필요했던 에티오피아의 입장에서는, 독립 후 국제사회의 일원으로서 정상적인 국가 운영을 위해 필요한 일이었다는 것이 크게 작용한 것으로 해석됩니다. 즉, 안보는 국제적 지원이 필요하고, 이를 위해서는 한국전쟁에 파병을 지원하는 것과 같이 국제문제에 대한 투자가 필요하다는 것입니다.

이러한 점을 고려한다면 멀리 국제사회의 문제를 지지할 수 있는 대양해군 전력을 못 갖추는 것 자체가 오히려 문제라는 결론이 도출됩니다.

그러면, 우려하신 바와 같이 국제사회에서 우리의 전력을 필요로 할 때, 우리가 군사력이 있으면 무조건 끌려다닐지에 대한 고민을 해보겠습니다. 사실상 전력을 갖춘 상태에서 참가 못 할 명분은 무궁무진합니다. 국내 여론과 정치적 상황, 경제 사정 및 무역과 대외 정치적 관계 등.

만약 우려하는 대로 새로운 전력이 생기면, 특정 국가가 시키는 대로 우리가 군을 움직여야 한다는 논리는 굳이 기동함대에 한정지어 생각할 것은 아닙니다. 이는 지금 파병 임무를 수행하는 모든 전력이 해당할 것입니다.

한국 공군이 훌륭하게 해낸 미라클 작전을 들어보셨을 겁니다.

이는 2021년도에 탈레반 세력에 의해 아프가니스탄이 점령당하는 위기 상황에서, 아프간에 거주하던 대한민국 대사관과 협력인들을 우리나라로 안전하게 구출, 이동시켰던 작전이었습니다. 여기서 사용된 주 전력은 공군의 수송기였습니다. 현재 항공모함이나 대양해군 기동전단 전력을 만들면 우리가 필요한 용도에 사용하지 못하고 미국만 따라다닐 것이라는 논리는, 공군 수송기를 도입하면 우리 국군은 미국이 원하는 전쟁지역을 따라다니기만 하고 우리를 위한 전력으로 쓸 수 없을 것이라는 말과 동일한 논리로 볼 수 있을 겁니다.

전력이 있고 없고의 문제와 이를 주권을 위해 사용하는 문제는 전혀 다른 이야기입니다. 오히려 우려해야 할 것은 동맹국과 함께할 필요가 있지만 참가할 능력이 없는 상황이 되는 것입니다. 능력의 부재로 인한 협조의 제외에 따른 공백을 다른 국가가 대신하고, 우리를 대체한 국가가 국제사회에서 우리의 위치를 침범하게 되는 것입니다.

즉, 우리가 동맹국이나 국제사회로부터 들으면 안 되는 말은 "Join us."가 아닙니다.

"You are not ready."입니다.

41. (물음 6) 균형 외교

주신 말씀

우리는 강대국들 사이에 있는 국가로서 철저한 중립외교를 수행해야 한다. 조선의 왕 인조 역시 국제 정세를 읽지 못하고 떠오르는 국가인 청나라를 소홀히 대접하고 오로지 명나라만 편들었기에 삼전도의 굴욕이 벌어진 것이다.

중립외교가 국제관계학적으로 최신화된 개념은 아니지만, 그 필요성에 대해서는 어느 정도 인정합니다. 또한, 당시 청나라에 대한 조선의 태도가 적절하지 않았다는 것도 역사적으로 상당히 받아들여지는 사실이라는 것 역시 인정합니다. 다만 경제·무역·외교적 균형 외교와 군사적 균형 외교는 구분할 필요가 있겠습니다.

군사적인 균형 외교는 다른 무엇보다 전 세계 국가들과의 관계와 동맹국의 선정과 역할 분담, 이에 따른 연합전의 양상을 비중 있게 고려해야 할 것입니다.

이 경우, 고립무원의 상황에서 청나라에 일 대 일로 군사적 공격을 당했던 조선과 현재 복잡하게 얽매인 대한민국의 국제관계는 전혀 다른 환경입니다. 그래서 오로지 한 국가를 맹신하거나 한 국가를 배척하는 단순한 형태로 설명할 수 있는 것이 아닙니다. 핵심은 우리의 군사력이 어느 정도의 '추'로써 무게를 가질 수 있는지를 보아야 할 것입니다.

또한, 당시 단편적인 중립외교라는 한정적인 시각에만 의존하면, 청나라는 조선을 공격할 의사가 없는데 조선이 오히려 외교적으로 자극한 모양으로 많이 묘사됩니다. 그러나 명나라를 굴복시키고 주변을 안정화하자는 목표가 있는 청이 과연 조선의 무조건적인 평화를 지지했을지는 의문입니다.

오히려 병자호란에서 도출해야 하는 교훈은 무조건 균형 외교에 실패했다는 의견보다 나라를 지킬 힘이 없었고, 명나라와 함께해도 그 어떤 추의 역할을 할 수 없었던 허울뿐인 당시의 군사력을 탓해야 하지 않을까 생각해 봅니다.

그리고 지금부터 준비하지 않으면, 미래의 유사한 국제관계 속에서도 우리는 아무것도 하지 못할 수도 있습니다.

42. (물음 7) 병법의 기본

주신 말씀

병법의 기본은 이기는 싸움을 하는 것이다. 그런 기본적인 것을 잊고 강대국과 겨루려는 생각은 어리석다.

말씀하신 분은 상당히 병법에 밝으신 것으로 보입니다. 세상에서 가장 유명한 병법서, 손자병법에서 가장 강조하는 '선승 후 구전'의 이치를 말씀하신 것으로 보입니다.

즉, "승리하는 군대는 먼저 이긴 상태에서 싸운다."는 손자 철학의 핵심 중 하나로, 전투 전 지휘관이 반드시 고려해야 하는 기본이자 핵심입니다.

그러나 이 말은 선후 관계를 고려해 볼 필요가 있겠습니다. 즉, 이길 수 있는 여건을 만든 이후 전투를 수행하라는 의미로, 계산 없이 싸우지 말라는 뜻입니다. 그 때문에 오히려 평소에 꾸준한 준비가 필요합니다. 반면에 싸워서 이길 수 있는 상대가 아니라는 판단을 현재의 기준으로만 예단하고, 이에 따라 겨루려는 선택은 포기한 후 애초에 준비하지 않는 것은 손자가 말하는 내용과 완전히 반대 방향으로 가는 것입니다.

물론, 군사력 2~3위의 강대국과 1:1로 총력전을 겨루어서 이기고자 하는 것은 상당히 무모한 방법입니다. 하지만 발생할 수 있는 가능성이 높은 전투를 상정하고, 그 전투에서 이길 수 있는 준비를 마친 후 획득하는 단편적인 승리는 큰 전쟁을 좌우할 수 있는 역량이 될 것입니다.

이것이 해군이 대선배이신 군신 이순신 제독님께 배운 전쟁에서 승리하는 방법입니다. 전체 전력에서 이길 수 없어도 한 장소, 한 전투상황에서는 부분적으로 승리하도록 상황을 이끌어 가고, 이 승리를 통해 전체적인 전세를 유리하게 통제하는 것입니다. 따라서 사전에 꾸준한 준비를 통해 이길 수 있는 상황을 늘려가야 합니다. 특히 강대국과 현재 우리와의 무력차이를 고려하면, 지금부터 준비해도 빠듯합니다.

43. (물음 8) 중립국 선언

주신 말씀

군사력은 든든한 미국과 같은 동맹국에 의탁하고, 우리는 경제력에 집중하자. 군비에 쓰는 것보다 경제를 살리는 것이 우선이다.

국가 간의 군사력 분쟁에 관여하지 않겠다는 입장을 표명하고, 이를 국제사회에 인정받은 국가를 '군사적 중립국'이라고 합니다. 역사적으로 중립국을 선언하고, 이를 다수의 다른 국가들로부터 인정을 받은 나라는 네덜란드, 벨기에, 룩셈부르크가 있습니다.

그리고 이 국가들은 2차 세계대전 때 너무 쉽게 정복되어 독일군이 진격하는 도로가 되어주었으며, 그 과정에서 수탈은 당연한 것으로, 국민의 고통은 이루 말할 수가 없었습니다.

현재에도 중립국은 있습니다. 스위스, 오스트리아, 스웨덴 등이 유명한데, 이들 모두 군을 운용합니다. 중립국이라도 침범하는 세력은 있을 수 있어 자기방어를 해야 하기 때문입니다. 심지어 스위스의 군사력은 그 능력과 용맹이 유명합니다. 죽음 앞에서도 용병단의 위상을 위해 도망치지 않았던 스위스 용병의 이야기는 세계적으로 유명할 정도입니다.

결론적으로, 중립국은 통상의 생각과 달리 뛰어난 군사력을 운용해야 가능하다는 것은, 역사적으로 확인된 사실입니다. 약육강식은 자연의 섭리이며, 국제사회에서는 언제든지 힘의 논리가 펼쳐질 수 있습니다.

'러브 앤 피스'는 이상일 뿐입니다.

미래 편

44. Marine Twin

제목인 '마린 트윈(Marine Twine)'이라는 용어는 기존에 존재하던 단어는 아닙니다. 이는 가상의 세계에 자신의 분신을 만들어 두는 '디지털 트윈(Digital Twin)'이라는 용어를 따라 하면 설명이 더 편할 것 같다는 생각에 임시로 제가 지어낸 개념입니다. 지금부터 설명 드리는 마린 트윈은 바다에 존재하는 한반도의 분신을 의미합니다.

분신이라는 개념은 사실 꽤 오래되었습니다. 대표적으로 과거의 일본, 즉 왜국의 '카케무샤'를 생각해보겠습니다. 이는 주요 인물과 유사한 사람을 고용하고, 복장을 비슷하게 꾸미어 암살 등의 위협에 대비하는 데 사용된 것입니다. 오늘날도 주요 인물의 호위에 여러 차량을 운용하여 어디에 대상이 탑승해있는지 모르게 하여 위협에 대비하기도 합니다. 이는 역사적으로 전술적인 이점이 상당하기에 지속해서 사용되는 것입니다.

이러한 관점에서 마린 트윈은, 제가 '나의 주장'에서 가장 처음으로 보고 드린 개념인 한반도의 군사력을 바다에 퍼뜨려, 군사적인 분신을 만들어 두자는 생각입니다. 이것이 가지는 가치를 전략적으로 생각해 보겠습니다.

자고로 전략의 기본은 역지사지에 기반한 상상력입니다. 즉, 스스로 적이라고 가정하고 어떻게 공격할지 고민하는 것입니다. 적을 능력을 기준으로 두 가지로 가정해 보겠습니다.

우선, 우리보다 강력한 적입니다. 이 경우도 상황에 따라 공격하는 방법이 다릅니다.

첫째 가정은, 적과 우리의 동맹 간의 전투로 1차적 목표가 우리나라가 아닌 경우입니다. 예를 들어 한국의 동맹국 A가 있는데, 강력한 상대국인 B가 A를 치는 경우입니다. 여기서 가장 먼저 고려해야 할 점은 동맹국을 도와 전쟁을 승리로 이끌면서도 우리 국민의 정상적인 생활을 유지하는 것입니다. 이때 만약 우리 영토에서 장거리 미사일을 발사해서 B국을 공격하면, B국의 입장에서는 한반도 자체가 위협적인 미사일 기지이면서 동시에 반격의 대상이며, 공격을 당했으므로 반격할 명분까지 얻게 됩니다. 그 때문에 자연스럽게 우리 국민까지도 전쟁에 말려들게 됩니다.

반면에, 군함들을 근접 지역으로 이동 시켜 한반도와 전장을 분리하고 전쟁을 지원하게 되면, 전투와 국민을 분리할 수 있습니다. 게다가 전투의 다른 역할을 수행할 수도 있습니다. 환자를 수송하고 치료하는 병원선의 역할을 하거나 각종 무기와 물자를 제공하는 군수지원의 역할을 맡아 우리나라의 인명피해를 최소화하는 방안을 찾아볼 수도 있을 것입니다.

둘째 가정은, 우리나라 자체가 공격의 목표인 경우입니다. 이 역시 두 가지로 나눌 수 있습니다.

첫째는, 지금 많은 사람이 기대하듯이 '설마 우리나라를 직접 공격하겠어?'가 적용되는 경우입니다. 앞서 여러 번 언급되었듯 현재의 국제사회의 질서에서 다른 나라를 직접 타격하기는, 특히 우리나라와 같이 문화적으로 융성하고 외국의 투자가 많은 국가의 경우에는, 적의 입장에서는 함부로 공격했다가는 세계 대부분의 국가를 적으로 돌릴 수 있는 까다로운 대상입니다. 사실 현재도 그러한 생각으로 안보가 유지되는 것일 수도 있습니다. 그럴 때 적이 취하는 좋은 방법이 바로 회색지대 전술과 같은 것입니다. 강력한 명분을 만들지 않으면서 조금씩 상대를 깎아내는 것입니다. 이때 우리나라의 수출 의존적인 특성을 고려하면 수입과 수출의 핵심인 바다를 이용하는 것이 가장 가능성 있고 효과적일 것입니다. 예를 들어 감염병이 의심된다고, 해양오염이 발견되었다고, 기타의 사유를 들어가면서 우리 선박의 움직임을 묶게 된다면 우리나라는 실시간으로 경제적 타격을 입게 됩니다. 당장 몇 품목에 대한 수입과 수출의 방해와 사고로 인한 수에즈 운하의 차단 및 이란의 우리 선박의 억류만으로도 우리나라에서는 내부적으로 예방하지 못함을 비난하고, 그 손실에 대해 국가적으로 들썩였습니다. 의도적으로 방해하면, 그 피해는 이에 비할 것이 못 됩니다.

　게다가 현재 우리 주변국들은 바다를 넓히고 있습니다. 앞의 예시와 같은 몇몇 품목에 한정되거나 타국의 선박 몇 척을 자신들의 항구에 묶어두는 수준이 아니라 전반적인 경제의 흐름에 방해를 줄 수 있는 능력을 쌓아가고 있다는 것입니다. 이때 바다에서 우리 국민들의 삶과 경제를 지켜줄 수단이 바로 우리의 선박을 호위해주는 군함들일 것입니다.

　둘째는 상당한 각오를 하거나 여타의 조건이 되어 우리나라를 직접 타격하는 경우입니다. 현재 가정에서는 상대가 우리보다 강대국이므로, 양국의 전력 차이가 큰 현대전의 사례인 2009년의 걸프 전쟁을 바탕으로 가정해 보겠습니다. 생각하기 싫지만, 이번 가정에서는 적이 미국의 역할이 되고 우리가 이라크의 역할이 됩니다. 걸프전의 발발 원인에 대해서는 많은 해석이 있지만, 미국이 이를 전 세계에 생중계한 사유에 대해서는 대부분 비슷하게 생각합니다. 즉, 압도적인 전력 차이를 세상에 보여주는 것이었으며, 이 역시 전쟁으로 얻고자 했던 억제력이라는 목표를 위한 수단이었습니다. 그러기 위해서 미국이 선택한 방법은 개전 시 토마호크 미사일과 스텔스 폭격기를 이용해서 적의 전략무기와 군수지원 시설을 파괴하고, 실제로 반격할 팔다리를 잘라놓고 해병대와 지상군이 세부적인 지역 점령을 이루었다는 점입니다. 아마 우리의 적도 동일한 방법을 선호할 것입니다.

쓸쓸하지만 현실적으로, 우리가 러시아나 중국과 같은 강대국을 1:1로 상대하기에는 역부족입니다. 그러나 적의 유도탄과 폭격 공격에서도 반격할 힘을 남겨두어, 동맹국들의 도움을 받아 역전할 기회를 노리는 것은 중요합니다. 질 때는 말할 것도 없지만, 이기더라도 아무런 역할을 하지 못하고 우리 무기체계가 다 파괴되었으니 손 놓고 국제사회에 호소만 하고 있다가는, 침범한 국가와 도와준 국가가 정하는 데로 분해돼서 그들의 양식이 될 것입니다. 우리의 권리는 우리가 지켜야 합니다. 즉, 적이 우리 영토 내의 미사일 기지와 비행장, 자원창고 등 주요 전략무기와 군사시설물들을 선제적으로 타격해서 파괴하더라도, 남아서 싸울 수 있는 제2의 한반도가 남아있다면, 동맹국들이 도착해서 도와준다면 해봄직 하다는 것입니다.

다음은 우리와 비슷하거나 약한 상대와 싸우는 것입니다. 이도 두 가지로 나눌 수 있습니다. 우리나라가 직접 타격을 각오할 때와 그렇지 않을 때입니다.

우선 직접 타격을 하지 않을 때입니다. 우리나라가 선제공격을 선택할 가능성은 몹시 낮습니다. 이는 헌법에 명시되어 있습니다. 이때는 앞서 강대국이 우리나라를 포위해 올 때 사용하던 방법을 우리가 사용하는 것입니다. 바로 회색지대 전략입니다.

국제적으로 큰 비난을 받을 명분을 피하면서 바다에서 상대를 신경 쓰이게 하고 상대를 괴롭히는 것입니다. 이때는 한방이 강력한 미사일보다는 상대 국민들이 겁을 먹고, 그들의 정부를 신뢰하지 못하게 하는 봉쇄와 현시 능력이 중요해집니다. 이는 거대한 군함과 그에 탑재된 첨단 무기체계의 역할이 크게 요구됩니다.

둘째는 직접 타격을 가정한 경우입니다. 선제공격이 제한되는 환경이므로, 우선 한 번의 공격을 받아내야 할 것입니다. 이때 영토 내에 공격수단이 모여 있는 것과 영토와 주변 바다에 분산해서 배치되어 있는 것은 다릅니다. 이러한 경우 적의 입장에서는 엄청난 선택을 강요받습니다. 앞서 전략의 기본이 역지사지라고 한 것과 같습니다. 우리와 비슷하거나 약한 적의 입장에서는 공격이 반드시 큰 효과를 거두어야 하고, 실패 시에는 반격을 각오해야 하기 때문입니다. 현재 우리의 선제공격 전략은 "그럴 기미가 있을 때, 공격한다."가 기반입니다. 적이 우리 영토 한 군데만 바라보다가 갑자기 공격하는 것과 어디를 공격할지 고민하는 것은 그 준비의 차이가 달라서 빈틈을 유도하게 됩니다. '그럴 기미'를 발견할 근거를 마련하기가 훨씬 수월하다는 뜻입니다.

물론 "분신의 개념은 본체가 어디 있는지 모르는 것이 핵심 아닌

가. 당연히 영토가 본체다."라고 반문할 수 있습니다. 그러나 군사적인 의미에서 전략무기를 영토에만 집중 시켜 둔 것과 추가적인 전략무기가 영토가 아닌 어딘가 있는 것은 앞서 가정에서 본 바와 같이 천양지차입니다.

여기에 더해, 해군의 군함은 단순한 무기체계가 아닙니다. 군함은 부대로 분류되었고, 역사적으로 영토였으며, 국가를 대표합니다. 이를 가장 잘 이용한 국가가 바로 영국과 미국입니다. 그들은 세계로 군함을 파견하면서, 과거의 왕이 사신을 이용하는 것과 같이 사용하였습니다. 때로는 국가의 수장이나 대통령이 직접 승함(탑승)하여 상대국과의 중요한 외교를 이루기도 하였습니다. 익히 아시다시피 미국의 루즈벨트 대통령이 해군 군함을 타고 사우디아라비아국왕 이븐 사우드와 외교를 성사시킨 것은 너무도 유명합니다.

이러한 관점에서 해군의 기동함대 부대의 역량을 점차 향상시켜 한반도 제2호, 3호로 사용되었으면 합니다. 적이 한반도를 공격하면 즉각적으로 방어와 반격이 가능한 부대로써 적에게 선택을 강요하고, 반격의 기회를 제공하는 수단을 넘어 전 세계를 자유롭게 돌아다니면서, 한국의 뜻을 전달하는 수단으로서 말입니다.

45. The Genius

에피쿠로스학파는 다음과 같이 신, God의 부재를 증명하였습니다.

1. 신은 선하기는 하지만 세상의 악을 제거할 능력이 없다.
   그러면, 신은 전능하지 않은 것입니다.
2. 신은 능력은 있지만 세상의 악을 제거할 뜻이 없다.
   그러면, 신은 선하지 않은 것입니다.
3. 신은 선하며 능력도 있고, 세상의 악을 제거할 뜻도 있다.
   그러면 세계에 존재하는 악은 무엇인가?

신은 없습니다. 절대선의 신을 믿는 모습은 낭만적이지만, 그것을 믿고 살기에는 인류의 역사는 너무 잔인했습니다. 가족이 능욕당하고 살해당했으나 가까스로 살아남은 사람에게, 신께서 뜻이 있으니 너는 살려둔 것이라고 말하면 호되게 얻어맞을지도 모릅니다.

반면 수호신이라는 단어도 있는데, 이는 전지전능한 신과는 의미가 다릅니다. 라틴어로 Genius라고 하는데, 이는 정령, 수호천사라는 의미로 모든 세계의 질서가 아니라 특정한 개인을 위해 존재합니다.

어떤 사람들은 우리의 절대적 운명을 지켜주는 '미군'을 맹신하고 항상 기대야 한다고 하지만 지속해서 언급해 드린 바와 같이 미군은 미국의 질서를 지키는 군입니다. 우리는 세계의 질서보다 우리의 안전만을 바라보는 '국군'이 필요합니다.

재미있는 점은, 당시 유럽인들은 이 수호령들의 역할에 따라 인간의 성향과 재능이 결정된다고 믿었다는 것입니다. 이를 영어 genius의 어원이라고 설명하는 경우가 많습니다. 호위자가 호위대상의 성향에까지 영향을 미치는 점이 인상 깊습니다.

이 Genius, 무조건 우리를 지켜주는 아군이 있다면 무력뿐만 아니라 여러 가지의 역량 발휘에 큰 도움이 될 것입니다. 앞서 말씀드린 바와 같이 국가가 다른 국가에 영향을 미치는 영향력은 경제, 문화, 외교, 군사 등 복합적으로 접근해야지, 한가지의 능력으로 재단해서는 안 됩니다. 그것만 떼어놓고 생각할 개념이 아닙니다. 그 중에서도 군사력과 안보는 어디에든 이용될 수 있습니다. 그러면 수호천사와 같은 수호군이 되려면 어떻게 하는 것이 옳을지 고민할 필요가 있겠습니다.

일단, 호위대상과 가깝지만, 어느 정도 떨어져 있어야 합니다. 그래야 위협하는 상대와의 싸움에서 보호 대상이 불필요한 피해를 당하지 않습니다.

그리고 무장은 보호 대상이 아니라 수호자가 해야 합니다. 의뢰인이 아니라 경호원이 무장하는 것과 같은 이유입니다.

오늘날의 군은 국민의 생명과 재산을 지키기 위해 무장해야 합니다. 과거 국가는 국민을 다스리고, 국민과 군인은 목숨을 바쳐 조국을 수호해야 했던 시절이 있습니다. 이때는 국가체제와 영토의 안녕을 위해 군인과 민간인의 구분 없이 국민이 그들과 그들의 재산을 무장시키는 것이 상식적이었습니다. 하지만 본격적인 무장은 수호자가 하는 것이지, 경호 받아야 할 주인이 하는 것이 아닙니다.

국민은 국가의 정책을 결정하고, 경제와 문화생활을 합니다. 군인은 이들의 삶과 이룩한 자산이 안정적으로 유지될 수 있도록 각종 위협을 제거하는 것이 직업입니다. 점점 국가를 위해 국민을 무장시키기보다는, 국민을 위해 군을 잘 준비할 수 있도록 노력하는 것이 바람직할 것입니다.

따라서 대한민국의 Genius가 무장한 한반도가 되어서는 그 역할이 오늘날의 가치와 마찰이 생길 수밖에 없습니다.

한국의 Genius는, 바다, 공중, 우주와 같이 영토의 주변에서 영토를 감시하고 보호할 수 있어야 할 것입니다.

46. 평화의 민족

우리나라는 조선 시대는 물론, 삼국시대까지 거슬러 올라가도 한반도 밖으로 침범한 역사가 많지 않다고 배웠고, 이를 두고 평화를 사랑하는 민족이라고 말하기도 합니다. 그러나 사실은, 나라가 강대할 때에는 왜구의 침입을 원천적으로 제거하기 위해 대마도 원정을 하기도 하였고, 요동을 공격하려 하기도 하였습니다.

반면에 침략을 받을 때는 반격하기보다는 버티고 버텨 백성의 희생으로 조국의 명맥을 이어왔습니다. 하물며 장래의 위협을 대비해야 하는 상황에서도 조그마한 권력다툼에 적은 쳐들어오지 않을 것이라고 호언장담하여 나라를 팔아먹기도 하였습니다. 그러니까 주변으로 힘을 확장할만한 여유가 없었던 기간이 길었기에 침략전쟁의 형태가 적었고, 이를 평화를 사랑한다고 자위하는 것이 더 정확할지도 모릅니다.

미래는 아무도 모릅니다. 주변국들이 군사력 확충과 국제 명분을 확보하면서 우리의 바다를 좁혀오고 있는 것은 명확합니다. 그러나 큰 문제가 없을 수도 있습니다. 미국 대통령은 미국이 국제사회의 질서를 유지하여 각 나라의 권익을 지키기보다, 각 나라가 도생해야 한다고 선언했습니다. 그러나 넋 놓고 있는 대한민국이 위기 시 미국 스스로의 이익보다 우리나라를 지키기 위해 발 벗고 나설지도 모릅니다.

반면에, 생각했던 것보다 훨씬 위험할 수도 있습니다. 주변국은 아무런 대비를 하지 못하는 우리를 포위해서 경제적으로 큰 타격을 주는 것을 시작으로, 우리가 이에 견디지 못하고 군사력을 쓰면 기다렸다는 듯 공격할 수도 있습니다. 미국은 일본이 우리를 공격했을 때, 우리보다 경제력 수준도 높고 해군력도 우수한 일본을 편들지도 모릅니다. 아니면 인접국이 한반도에 대량살상무기를 사용하면, 명분을 얻은 김에 한반도 자체를 핵무기로 없애버릴지도 모릅니다.

한 나라에는 다양한 생각을 하는 사람들이 있습니다. 이를 균형 있게 유지하는 과정에서 의견이 대립하는 경우는 종종 발생할 수 있습니다. 자유와 평등, 복지와 성장, 안정과 추진 등이 그렇습니다. 이들의 가치는 상하가 없으므로 시기와 상황에 따라서 특정한 가치가 더 강조되고, 다툼이 생길 수밖에 없습니다. 이러한 논쟁이 나라를 망하게 하는 것은 아닙니다.

국가를 기울게 하는 것은 독선과 나태, 그리고 부패입니다. 많은 의견을 듣고, 결정을 내려야 할 자리에 있음에도 불구하고 한 계열의 길만을 걸어 온 사람이 많습니다. 따라서 자신이 지나온 길 외에는 잘 모르는 것이 당연합니다. 이때 대부분은 모르는 부분에 귀를 열 수 있을 정도로 그 그릇이 커지기도 하지만, 어떤 사람들은 '나는 이 정신 하나로 이 자리까지 왔다.'라는 철학으로 자신이 아는 것 외에는 공부하기를 게을리하기도 합니다.

어떨 때는 자신이 걸어온 길을 증명하고, 관련된 특정 집단의 이익을 위해서 조직과 국가에 필요한 길임을 알면서도 포기하기도 합니다.

역사를 통해서 생각해보면, 특히 안보에 있어서는 절대 그래서는 안 됩니다. 위협을 예측할 때 '그 나라가 우리를 배신할 리가 없고, 우리를 공격할 리가 없다.'라는 확신을 주장한 자들은 항상 재앙을 불러왔습니다. 만에 하나라도 '이렇게 위협이 다가오면 어떻게 할 것인가?'라는 질문에 어떠한 준비라도 되어있어야지, '한 번도 그런 적이 없다.'라고 일축해버리는 것은 독선과 나태를 동시에 저지르는 것입니다. 국민들은 이를 반드시 기억해야 하고, 그 결과는 역사에 기록됩니다.

미래는 확신할 수 없는 법이나, 어떤 주장이든 국가를 보위하고자 하는 마음이 바탕이 되어야 방향이 일부 달라도 성과든 교훈이든 남길 수 있습니다. 평화의 민족이라는 의미가 위협에 대해 방심하고, 안보를 생각하는 것을 멈추고, 자신의 안위와 보신만 위하는 것을 의미해서는 안 됩니다.

　이들 때문에 국민들은 토한 것을 먹고, 부모가 아기를 삶아 먹고, 그들의 선산에 가족들의 베어진 코가 무덤을 이루었습니다. 진짜 평화는, 싸울 준비를 통해서 이루어집니다.

47. 말벌 이론

우리 주변에는 강대국이 많습니다. 그래서 많은 국제정치학자는 군사력의 방향을 이렇게 설정하는 것이 옳다고 말씀하셨습니다. "비록 내가 너의 목숨을 끊을 수는 없더라도, 건드린다면 팔다리쯤은 끊어 놓겠다." 즉, 적이 우리를 공격하고자 하면 얻는 것보다 많은 것을 잃게끔 하는 것이 핵심입니다.

그런데 이것이 이상하게 변질되어서 군사학에 적용되었습니다. 잠깐 언급되었지만, 균형 외교와 관련해 군사학 중에서 고슴도치 이론이라는 것이 굉장히 뿌리 깊게 박혀있습니다. 강대국 사이의 약소국이 주로 사용하는 전략으로, 북한이 대표적으로 사용해왔으며, 여기에 부화뇌동하는 일부 인원들도 이에 해당합니다. 핵심은 "건드리면 찌른다."라는 개념으로 비록 상대를 쓰러뜨리지는 못하더라도 제법 매운맛을 보여주겠다는 것입니다. 그래서 장거리 미사일이나 핵 개발을 통해서 그 가시의 날카로움을 수시로 보여줍니다.

자, 여기까지는 옳을지도 모릅니다. 치는 것보다 쳤을 때 잃을 게 많다고 생각이 되기 때문입니다. 그러나 과연 북한의 주장처럼 우리가 반격이 두려워 북한을 공격하지 않고 있다고는 생각되지 않습니다. 도리어 우리의 정체성, 국제사회에서의 지위, 명분, 그리고 이후에 펼쳐질 세계의 변화가 더 걱정되기 때문이라고 생각됩니다.

그런데도 일부 전문가는 우리에게는 날카로운 가시인 미사일이 있으니 안심하라고 하다가도, 북한에게 새로운 가시가 만들어졌으니 큰일이라고 주장하기도 합니다. 제 생각은 조금 다릅니다. '가시'의 핵심은 단순한 공격력이 아니라, 상대가 공격을 결심했을 때 이를 통해 얻는 보상이 항상 손실보다 적도록 끌어낼 수 있는 카드입니다.

전쟁과 도발은 때리고 말고의 간단한 것이 아닙니다. 무인에게 무력의 절대적인 크기는 인생을 걸 주요한 요소입니다. 아직도 우리는 이순신 제독이나 척준경, 여포, 관우, 칸과 같은 무인들을 영웅으로 생각합니다. 그것은 그것이 얼마나 도달하기 어려운 경지인지, 그리고 얼마나 큰 영향력을 미치는지 알고 있기 때문입니다. 하지만 무력은 단지 무력입니다.

국가의 차원으로 가면, 무력과 군사력은 정치 수단 중 한 가지에 불과합니다. 국가의 주인인 국민들께서는 전쟁을 단순한 무력의 영역에서 벗어나 정치의 시각에서 생각해야 합니다. 상대의 미사일이 얼마나 정확하고 강력한가, 따라서 우리도 크고 강력한 미사일을 개발해야 한다가 아닙니다. 그걸로 상대가 펼칠 수 있는 수와 우리가 쓸 수 있는 수는 무엇이 있는지, 그들이 그들의 무기를 사용하지 못하게 하는 방법은 무엇일지, 이때 피해를 최소화하고 승리를 가져올 방법은 무엇인지 등을 고민해야 할 것입니다.

예를 들어 보겠습니다. 만약 상대가 서울에 미사일을 날렸다면 우리도 당연히 상대의 수도에 폭격을 먹여줘야 할 것입니다. 그런데 상대가 울릉도를 공격했다면? 무인도를 공격했다면? 아니면 우리 국민을 납치하거나 암살했다면? 그때도 미사일을 적의 수도에 날리는 것이 좋을 방법인지 고민해야 합니다.

그것도 아니라 우리의 원유나 반도체 원자재 수입에 시시콜콜하게 방해한다면 어떻게 하시겠습니까? 이란에 우리 상선이 나포되었을 때 전전긍긍하는 국가를 대신해 군함인 청해 부대는 근처라도 갔었습니다. 그 외 군사력은 숨죽여 바라보는 것이 다였습니다. 불소, 마스크, 요소수 수입의 일시적 수입제한에도 힘들어하는 무역 중심의 우리나라가 여타 이유로 야금야금 좀 먹히고 있다면 그 강력한 미사일로 어떻게 하시겠습니까?

그래서 우리나라 국방정책은 주변국 사이의 고슴도치가 되기보다는 말벌 같은 존재가 되어야 한다고 생각합니다. 말벌한테 쫓겨본 사람은 알겠지만, 붕붕거리는 모습 자체가 충분히 회피할 위협이 되고, 찔리면 고슴도치 이상 고통스럽습니다. 반대로 이야기해 보겠습니다. 지금은 국가 간 수입과 수출의 관계가 복잡해 서로 간의 먹거리를 쥐고 있는 상황입니다. 유연한 무력이 다양한 상황에서 우리의 의지를 강요할 수 있을 것입니다.

각 국가는 상호 자신들에게 필요한 것을 주고받기 위해서 계약이라는 이름으로 거래하고 있습니다. 이 계약은 여러 가지 형태가 있습니다.

일단 정부와 정부가 하는 계약을 '대정부 계약'이라고 합니다. 국가 간의 약속이니 지켜야 할 것입니다. 그러나 미국과 대정부 간 군사 계약을 해보신 분들은 알겠지만, 우리나라와 미국과 같이 양호한 관계라고 하더라도 이는 압도적으로 상대국 상황에 의존적입니다. 미국 내의 사정에 따라서 몇 년씩 보류되거나 필요한 경우에는 계약 내용이 일반적으로 변하는 경우도 생깁니다. 그러니 다른 국가 간 관계가 악화되면 계약을 해제하거나 해지하는 것은 어찌 보면 당연합니다.

반면에 국가 간의 사이가 악화된다 하더라도 국가와 타 국가의 민간업체와 이루어지는 국외상업 계약이나 업체와 업체 간 계약의 경우에는 그나마 영향을 덜 받을 것입니다. 대부분 자유경제 시장을 기반으로 하는 오늘날 국제사회에서 이를 국가가 다른 국가를 억압하려는 의도로 방해하기란 쉽지 않기 때문입니다.

그래서 이럴 때, 정부의 자격으로 이들이 선적하는 화물이 환경오염을 시켰다거나, 마약 의혹이 있다거나, 기타의 사유로 방해를 하곤 합니다. 이때 우리에게는 이 선적을 따라다니는 말벌이 필요합니다.

반대로 우리의 원유 수입을 의도적으로 방해하는 국가가 있다면 우리도 그들의 수입과 수출을 방해할 역량이 있어야 대응할 수 있을 것입니다. 그리고 우리의 수입과 수출을 방해하는 이유를 직접 가서 들어보고 협상할 손발이 필요합니다. 지금처럼 몇몇 공무원이 비행기를 타고 가서 설득할 수도 있습니다.

하지만 역사적으로 그보다 훨씬 효과적인 방법이 있습니다. 우리의 국민이 거래하고 오가는 구역이 이렇게 불안정하니, 직접 대한민국 정부와 군이 시찰하고 호위하겠다는 것입니다. 이때 협상을 이루는 것은 추가적인 장점입니다. 이러한 행위는 대외적으로는 우리의 적극성을 보여줄 수 있는 모습이며, 대내적으로는 어떠한 국민의 활동도 보존하기 위한 국가의 노력이 됩니다.

미사일과 전략무기만 가시로 삼는 고슴도치 이론은 도무지 원래의 국제관계학적인 의미가 없습니다. 이는 주고받는 공격이 서로 간의 미사일인 경우만 해당되는 2차원적인 경우에 한한 것입니다. 현재 추구하는 영토 내의 미사일 개발이 의미가 없다거나 쉽다는 뜻은 전혀 아닙니다. 그 첨단 기술은 고정된 가시가 아니라 정말 사용할 수밖에 없을 때 사용될 말벌의 침이 될 것입니다. 우리는 상대가 건드릴 때까지 기다리거나, 도무지 못 참을 때까지 버티다가 가시를 세우는 미련한 고슴도치일 필요가 전혀 없습니다. 요구되는 곳에 날아가 위협하고, 어쩔 수 없으면 침을 놓아버리는 말벌이 될 필요가 있습니다.

수술이 필요할 정도로 다쳐보신 일이 있으십니까? 저는 천성이 모자라 그런지 몸 간수를 잘하지 못합니다. 그래서 얼굴, 손목, 팔꿈치, 발목이 부러져본 것은 물론 온몸 구석구석 수술 자국에 흉터 투성이입니다. 그렇게 다칠 때마다 "큰일 났다." 싶으면서도 안도하는 생각이 있는데, "그래도 보험 들어둬서 다행이다."입니다.

보통 군을 보험에 많이 비유합니다. 당장은 쓸 일이 없어서 투자되는 비용이 아깝다는 생각이 들 수도 있지만, 전시와 같은 비상상황에 꼭 필요하다는 것입니다. 그런데, 보험도 종류가 다양합니다. 죽어야만 활용이 되는 사망보험도 있고, 암이나 특정 질병에 걸려야만 사용할 수 있는 보험도 있습니다. 이런 경우는 보상은 크지만, 극단적이고, 사실 확실하게 보장이 되는지 확인도 어렵습니다. 수혜자가 본인이 아니거나, 건강을 되찾지 못하는 경우도 있기 때문입니다.

반면에 골절이나 상해, 일반 진단 등 평소 여러 가지 상황에서 적용이 되는 보험도 있습니다. 필요할 때 종종 사용할 수 있기에, 어느 보험사가 친절하고 안내를 잘하는지, 똑똑하게 상황을 파악하는지, 심지어 내 생활에 비추어 무엇이 더 필요한지 판단하는 데 도움이 되기도 합니다.

군도 마찬가지일 것입니다.

자주 활용되는 보험이 더 큰 의미를 가지는 것과 같이, 자주 일어날 분쟁과 많은 역할이 요구되는 군이 점차 더 큰 무게를 가지게 될 것입니다.

앞서 많이 언급한 바와 같이 현재의 국제 질서에서 국경을 넘어 영토를 공격하는 경우는 상당히 제한됩니다. 몇몇 존재하는 경우가 있다고 하더라도, 미국이 주도하는 질서의 관심 사각 지역에서나 발생하는 경우가 모두입니다.

반면에 그레이 존이라고 불리는 애매한 바다를 통한 공격은 너무도 선택하기 좋습니다. 게다가 바다의 의존도가 절대적인 우리나라에 그 효과는 너무나 클 것으로 예상됩니다.

그러나 위기는 언제나 위험 속의 기회입니다. 바다에서의 갈등을 잘 해결하면 오히려 이득이 될 것입니다. 치료는 물론, 더 적절한 보상을 받을지도 모르는 법입니다.

49. 역사

과거에는 왕이 곧 하늘이자 국가였습니다. 그래서 우리 선조들은 자신과 가족의 목숨보다 왕의 목숨이 중요했습니다. 그 때문에 전쟁이 벌어지면, 왕이 도망치는 시간을 벌기 위해 대신 죽었고, 전쟁에 집중해서 싸우기 위해 가족의 목을 스스로 치기도 하였으며, 그것이 명예이자 영광이라고 역사에 기록되었습니다.

우리 할아버지 시대에는 국가를 위해서 싸웠습니다. 생활 터전이었던 논과 밭이 불타고, 집안이 몰락하고, 전투에서 다쳐서 몸이 성하지 못해도 대한민국이라는 국가를 세계지도에서 사라지지 않게 한 것이 큰 공이었습니다.

지금은 그런 선조들과 할아버지들, 즉 국민이 곧 국가입니다. 우리는 진짜 대한민국을 위해 싸우기 시작해야 합니다. 국가가 지켜야 할 것은 일부의 사람도 아니고 수도나 한반도도 아닙니다. 국민의 삶, 그 자체입니다.

조선 시대에는 곧 왕과 몇몇 대신들의 말이 법이었으며 그들이 곧 국가였습니다. 그러나 대한민국은 법치국가입니다. 최상위의 헌법이 있고, 법률, 시행령, 시행규칙이 있으며 기관별 행정규칙이나 자치법규 등이 있습니다. 따라서 행위의 근거를 따질 때, 상위 취지에 부합하는지를 검토하는 것은 적절합니다. 최상위인 헌법을 보겠습니다.

우리 헌법 제1조 1항에는 대한민국은 민주공화국이며, 2항은 대한민국의 주권은 국민에게 있고, 모든 권력은 국민으로부터 나온다고 명시되어 있습니다. 이어지는 2조에는 국가는 법률이 정하는 바에 따라 재외국민을 보호할 의무를 진다고 되어있습니다.

이처럼 대한민국은 그 무엇보다 국민을 우선하고, 비록 현재 영토에 거주하고 있지 않은 국민까지도 보호하는 것을 국가의 의무로, 첫 번째와 두 번째로 명시하고 있습니다. 그런데도 우리는 대한민국의 영토에만 너무 집착하지 않았는지, 국민보다 국가라는 개념에만 너무 집중하지 않았는지 고민해볼 필요가 있다고 생각합니다.

즉, 앞의 역사에서 올바른 역사로 간다면 다음과 같이 진행되어야 할 것입니다. 우리 아이는 세계 어디에서 무엇을 하든, 대한민국 국민으로서 보호받을 수 있을 것입니다. 어떤 위협이 발생하더라도 대한민국 국민을 위한 보호자인 국군은 국민이 있는 곳으로 따라갈 수 있어야 합니다. 그것이 오늘날 미국인이 가지는 자긍심의 원천 중 몹시 큰 부분일 것입니다.

50. 천심(天心)

자고로 하늘로부터 선택된 왕이 국가를 통치하던 것이 당연했던 시절에도 백성들의 마음을 곧 하늘의 마음이라고 했습니다. 이를 '민심(民心)은 천심(天心)'이라고 합니다. 그만큼 통치자의 정당성을 유지하기 위해서는 정치의 대상이 되는 백성들의 지지를 받는 것이 핵심요소라는 것입니다. 왕과 백성의 관계에서도 그랬었는데, 국가의 권력이 국민으로부터 나오는 오늘날 대한민국에서 국민의 지지가 가지는 가치는 이루 말할 것도 없습니다.

앞서 주변 국가들에 대해서 잠깐 이야기했지만, 우리나라는 국민 직선제의 선거제도가 잘 발달했습니다. 국민께 선택받은 대표가 국민으로부터 권력을 양도받아, 국가를 이끈다는 뜻입니다. 그래서 저는 때로 선거에서 이긴다, 패배한다는 표현이 맞는지도 의문입니다. 선출된 사람이 그동안 쌓아온 인생과 그가 내건 공약이 국민에게 선택받았다는 점보다, 득표를 위해 사용한 전략들이 훌륭했다는 점이 강조되어 주객이 전도되어 오해하지는 않을까 하는 우려 때문입니다.

게다가 단순하게 표를 많이 받는, 인기만 있는 것이 옳다고도 할 수 없습니다. 역사적으로 여러 차례 증명된 바와 같이 많은 사람이 바르다고 생각하는 것이 반드시 옳은 길이라고 볼 수는 없기 때문입니다. 사람들은 스스로 독재자를 선출하고 최대, 최악의 전쟁을 일으키기도 하였습니다.

따라서 정책이라는 활을 쏠 때는 그 방향이 틀리지 않았는지 백 번 생각해서 과녁을 노려야 할 것은 기본입니다. 여기에 더해서, 그 정당성에 천심을 담지 않으면 촉에 무게가 실리지 않아 원하는 목표를 뚫을 수 없고, 막무가내로 쏘아버린다고 하더라도 바르게 날아가지 못하고 이리저리 흔들려 좌초될 것입니다.

그 때문에 공직자의 업무는 추진하고자 하는 정책의 올바름을 스스로 완벽하게 정의하고, 이에 대해서 논리적으로 국민께 설명하고 설득하는 것까지 포함해야 한다고 생각합니다. 추진하고 말고의 판단은 국민이 하는 것이지만, 그 판단에 누가 되지 않도록 주변 정보를 제공하고, 왜 이렇게 추진하는지와 그 정당성을 보고하는 과정을 게을리하면 안 된다고 판단했습니다. 그것이 제 모든 집필의 이유입니다.

군인은 일상의 소소한 분쟁에서부터 큰 무력충돌인 전쟁에서 승리하기 위해 항상 준비해야 합니다. 이때 대한민국의 승리란 국민이 외부의 위협으로부터 자유롭게 정상적인 생활을 영위할 수 있도록 보장해 주는 것입니다.

대한민국은 한반도가 아니며, 국민의 일반적인 생활은 모두 해양을 통해 세계와 이어져 있어 일상의 소소한 갈등에서 안전을 보장받기 위해서는 앞서 말씀드린 바와 같이 우리는, 바다에서 강할 필요가 있습니다. 또한 본격적으로 무력을 사용하는 전쟁에서도 국민의 생활 터전의 안전을 위해 영토가 아닌 바다에서 방어하고, 기습적인 공격을 당할 가능성이 큰 무기체계를 바다에서 운용할 필요가 있습니다.

그래서 대한민국을 위해서는 해양력의 성장이 필수적이라고 생각하는 개인으로서, 우리나라에서 바다의 존재가 얼마나 중요한지, 전세계와 우리나라 주변의 상황은 어떠하고 바다는 어떻게 이용해야할지, 진정으로 국민을 지키고 승리하는 전쟁을 위해서는 대양을 마음껏 사용할 수 있는 해군이 얼마나 필요한지에 대한 보고를 드렸습니다.

나의 주장 편

51. 대해군론

　지금까지 영토 밖에서 한반도를 보호하고, 국익을 추구하는 군함을 잘 이용하는 것이 대한민국의 진정한 평화추구에 기여할 수 있다는 제 생각을 말씀드렸습니다. 대한민국 해군은 1990년대부터 단순한 영토 주변의 바다를 초월한, 대양해군을 주장해왔습니다. 통상적인 분류에 따르면 영토의 해안선에 한정해 국방을 책임지는 연안해군, 그 위에 주변 바다를 방어하는 지역해군, 대양에서 국익을 수호하는 대양해군으로 분류됩니다.

　그러다 보니 일각에서는 "우리나라가 미국과 같이 원해를 떠돌며 전 세계를 대상으로 전쟁할 필요가 없는데 왜 대양해군을 주장하는가?"라는 근원적인 의문을 제기하기도 하였습니다. 우선 현재까지의 설명과 같이 우리나라가 원해까지도 작전할 수 있는 해군력을 갖추는 것은 필요합니다. 그런데도 당면한 현실에서 멀게 느껴져 실감할 수 없는 경우도 많기에, 근해와 원해의 구분 없이 대양해군을 위한 전력이 요구됨을 강조할 필요를 느꼈습니다. 그 때문에 저는 '대양(大洋)해군'이 아니라, '대(大)해군'이라는 이름으로 그 필요성을 말씀드리고자 합니다.

대해군이란, 대양해군의 임무를 수행할 수 있는 수준에 준한 규모와 능력을 갖춘 군함을 충분히 갖추어야 한다는 저의 주장입니다. 대양해군과 대해군, 이 둘은 같은 이야기이지만 주장의 선후에 차이가 있습니다. 그러면 왜 군함의 규모와 능력이 대형화되어야 하는지에 대해서 설명 드리겠습니다.

첫째는, 현대전에서 승패를 결정지을 수 있을 만한 전투력을 갖추기 위해서는 일정 규모 이상의 군함이 필요하기 때문입니다. 제가 가장 먼저 주장한 내용 중 전략무기의 한반도 밖 배치에 대한 내용이 있었습니다. 그리고 이때의 전략무기란 상당한 위력을 가진 미사일과 전투기로 대표된다고도 말씀드렸습니다. 현대의 무기가 아무리 소형화되었다고 하더라도, 일정 수준 이상의 위력을 위해서는 다량의 폭약 등 요구되는 크기와 무게가 있습니다. 그리고 이를 많이 실을수록 강한 전투력을 발휘할 수 있는 것은 당연합니다. 따라서 한반도에 배치된 무기와 군함에 탑재된 무기 중 어느 쪽을 먼저 공격해야 할지 판단하기 어렵게 상대방에게 억제를 강요하거나, 영토가 기습공격을 당한 상태에서 역습하기 위한 수단으로 사용하기 위해서는 상대가 그 정도의 위협을 느낄 수준 이상의 전투력을 탑재할 필요가 있습니다. 물론 이 주장은 개별 플랫폼의 무조건적인 대형화를 의미하는 것은 아닙니다. 역사적으로 전투함은 전함의 수준까지 대형화되었으나, 결국 효율성과 타 무기체계와의 상성 등을 고려해서 구축함이나 순양함의 크기로 조정되었다는 사실을 잊어서는 안 될 것입니다.

둘째는, 군함이 커지면 함께 수행할 수 있는 작전 종류의 증가와 함께 작전지속능력도 향상되기 때문입니다. 지금까지 말씀드린 바와 같이 일정 규모 이상의 국지전이나 총력전에서는 연합과 합동전에 적합한 전력이 필요합니다. 여기에는 다양한 작전능력과 지속성이 요구됩니다. 또한, 국지전이라고 하더라도 해군의 융통성과 지속성, 기동력이 얼마나 요구되는지는 충분히 설명 드렸다고 생각되어 생략하겠습니다.

마지막은, 한국 주변의 바다 때문입니다. 지금 말씀드리는 것은 상징적인 내용이 아니라 파도와 너울이 있는 자연을 의미합니다. 흔히 우리나라 주변의 바다는 넓지 않아서 대양과 비교하면 매우 잔잔하다고 생각합니다. 그리고 배가 파도에 흔들리는 정도는 선박 자체의 크기에 크게 좌우됩니다. 그래서 한반도 주변의 바다에서 연안작전을 펼치기에는 굳이 큰 배가 필요 없다고 주장하기도 합니다. 이는 바다를 겪어보지 않으면 충분히 오해할 수 있으나, 실상은 약간 다릅니다.

한반도의 서쪽 영토와 중국의 동쪽 영토에 가두어져 있는 서해는 한국 주변 바다 중 가장 좁고 얕습니다. 그런데도 높은 파도가 빈번하게 발생하며 최대 6m를 넘기도 합니다. 훨씬 깊고 넓은 동해와 남해는 말할 것도 없습니다. 그리고 아까 말씀드린 바와 같이 작은 군함은 이러한 환경에서 위협에 대한 대응은 물론 정상적인 근무조차 쉽지 않습니다. 예를 들어 천안함 피격 당시의 상황을 생각해보겠습니다.

천안함은 초계함으로 고속정과 호위함 사이에 해당하는 크기의 군함입니다. 주 임무는 연안의 해상경계입니다. 그리고 연안경계를 위해서 '정해진 구역을 규칙적으로 움직이면서' 항해하고 있었으며, 피격당할 당시 천안함은 '기상 악화로 풍랑을 피해 백령도 근해로 접근해 있는' 상태였습니다. 그 주변은 기상이 좋지 않을 시 피할 장소가 백령도 외에는 없습니다. 한편, 앞서 설명 드린 바와 같이 잠수함은 공격력이 대단하나, 통상 수상함에 비해 느리고 활동범위가 작으며, 은폐상태를 유지하는 것이 생존과 직결됩니다. 따라서 수상함을 공격하기 위해 뒤를 쫓기보다는 잠항해 있는 상태에서 상대가 사정범위에 들어왔을 때를 노리는 방법을 선호할 수밖에 없습니다. 즉, 당시 천안함은 잠수함 공격에 노출되기 쉬운 상태였던 것입니다. 애초에, 초계함이 아니라 서해의 높은 파도에서도 자유롭게 항해할 수 있고, 해상작전헬기 등을 이용하여 안정적으로 대잠작전을 수행할 수 있는 규모의 전투함이었다면 오히려 우리가 상대 잠수함을 잡았을 것입니다. 즉, 당장의 영해방어를 위한 전력에도 대해군이 필요하다는 것을 알 수 있습니다.

위와 같이 대양해군 전력을 지향하는 것은 한반도의 방어에서 눈을 돌리고 이상주의적으로 저 먼바다만 낭만적으로 바라보는 것이 아닙니다. 이들은 적이 우리나라의 국민에게 닿지 못하게 하는 방패가 되어 줄 것입니다. 이러한 신념을 위해 주장하는 내용이 때로는 우리나라의 역량에 비하여 너무 수준이 높다거나, 과다하다는 인상을 줄 수도 있습니다. 그러나 노련한 궁수는 멀리 있는 표적을 맞히기 위해 목표물보다 조금 높은 곳을 겨냥한다는 사실을 잊지 말아야 하겠습니다. 이것은 목표의 상단을 노리는 것이 아니라 시위의 강도와 거리를 고려하여 정확하게 표적을 맞히기 위함입니다.

전력건설이라는 업무는 긴 시간이 요구되며, 특히 군함의 건조는 더욱 그렇습니다. 통상 소요를 제기하여 함정이 완성되기까지 10~15년을 바라봅니다. 이 때문에 어쩌면 지금 대해군 전력 건설에 동참해 주시는 많은 의사결정자께서는 해당 전력을 이용한 국가의 발전을 충분히 경험하거나 실감하시지 못할 수도 있습니다. 하지만 성실한 농부는 자신이 먹지 못할 열매를 위해 나무를 심는 법입니다. 눈앞의 한반도를 넘어 대한민국을 볼 수 있는 선구안을 갖춘 독자분들이 미래 한국을 위한 창과 방패를 마련하는데 마음을 실어 주신다면, 우리 자손들의 삶과 터전은 전쟁에서 자유롭게 지속적인 번영을 추구할 수 있을 것이라고 믿습니다.